柳园图

THE WILLOW PATTERN

Robert van Gulik

大唐狄公案

〔荷兰〕高罗佩——著

张凌——译

上海译文出版社

插图一览

人　物　表

狄仁杰：大理寺卿，临危受命为京畿道节度使。

马　荣：禁军统领。

乔　泰：禁军统领。

陶　干：大理寺主簿。

易龟龄：京城贵胄。

易夫人：易龟龄之妻。

桂　花：易家女仆。

胡　本：易龟龄之友。

梅　亮：富商，慈善家。

梅夫人：梅亮之妻。

柳大夫：名医。

老　袁：木偶戏艺人。

蓝　白：老袁的孪生女儿。

珊　瑚：老袁的孪生女儿。

一

“我的天!”女子将死者破损的头颅放在汉白玉地面上，喘息说道，“这老鬼居然恁般沉重！过来帮我一把，将他推得再靠近阶脚一些。”

女子用衣袖一角揩去面上的汗珠，对着尸首不住打量，薄纱睡袍下肌肤如玉、身段玲珑，半晌后抬头说道：“就让他躺在此处，看去似是下楼梯时一脚踩空，失足跌落，也可能突发中风或晕眩，随他们去裁断好了。到了他这把年纪，凡事皆有可能发生。”

忽然，女子又摇一摇头：“还是把他的头放在这根立柱旁边，如此一来，人人都会以为他跌下台阶后，脑袋正撞在这尖头柱子上，看去着实血肉模糊。不妨就照我说的去做。果然甚好，有劳你了。血迹沾在汉白玉柱头上十分醒目，官府派人来查案时，定会看在眼里。你再从楼上书房里取一支蜡烛来，就扔在楼梯口处，行走时千万留神，那里全是漆黑一片。”

男子走上陡峭的汉白玉石阶，女子抬头注视着他的一举一动，明眸中露出焦灼之色。这楼梯位于高大轩敞的厅堂正中，此时唯有月洞门旁条几上的一支烛台照亮，因此颇显幽暗。

似是许久过后，方才看见一星烛火，在朱漆栏杆的格栅背后一路移至楼梯口，随即倒在石板地上，亮光闪动几下便悄然熄灭，四周重又陷入黑暗之中。

“快下来！”女子急急招呼一声，又弯腰脱下死者的一只便鞋，抛给正降阶而下的男子，“接住！将这鞋子放在半路的台阶上，这下真可谓是万无一失了！”

二

狄公身着绣金官袍，双肩低垂，两手支在汉白玉平台的雕花石栏上，郁郁凝望前方。夜中一片漆黑，暗无星月，飞檐与雉垛在天幕上映出剪影，空中低低飘浮着大片阴云。此处只点了一盏灯台照亮，脚下便是寂静无声的都城。

“圣上与文武百官皆已离京而去，”狄公哑声说道，“京师如今死者枕藉，阴气森森，成了一座恐惧之城。”

一名戎装大汉从旁站立，默默倾听，相貌英俊端严，面带忧色，胸甲上佩有一枚金徽，雕成双龙盘绕的纹样，可知乃是禁军统领，腰间悬着一把长剑。只见他松开剑柄，抬手将铁盔从汗湿的前额朝后一推。虽然身处宫殿的四层高台上，仍是酷热闷塞。

狄公站直起来，手笼袖中，两眼定定凝望黑暗的京城，接着说道：“在白日里，唯见戴兜帽的收尸人四处走动，推着板车运送死者。到了晚间，城内只是一片漆黑，死气沉沉。”说罢半转过身，对旁边那人又道：“不过，就在这下方深处，在旧城的穷街陋巷、地窖废窟里，却有人正暗中酝酿，蠢蠢欲动。乔泰，你可觉察到一股阴腐之气正日益浓重？如同裹尸布一般弥漫在城里，几乎令人窒息。”

乔泰缓缓点头：“正是，寺卿，城内寂静得出奇。在头几日里，众人自然少有出行，但是每天都有人抬着龙王的塑像游街乞雨。每逢早晚时分，寺庙里锣鼓齐鸣，许多人去向观音娘娘祷告。然而时至今日，众百姓已心灰意冷。最近这半月中，连小商小贩的叫卖声都听不到了。”

狄公摇一摇头，朝汉白玉大桌旁的圈椅走去，桌上堆放着公文卷册，后方竖着几根朱漆大柱。此间乃是京畿道节度使的府邸顶层，狄公将其用作官署，居此高处，可以俯瞰整个京城。

狄公在椅中坐下，乌纱帽上镶嵌的金色官徽发出叮叮几声轻响，抬手拽拽硬挺的绣花衣领，低声叹道：“这空气污秽凝滞，简直令人艰于呼吸。”又抬头疲惫问道：“城内各里长今晚送上的呈文，陶干是否点算完毕？”

乔泰俯身查看桌上的一卷文书，皱眉说道：“回寺卿，死者的数目仍然有增无减，尤其是男子与年龄大些的孩童，妇人与婴儿则要少得多。”

狄公乔泰密议危情

狄公抬手无奈地一挥：“关于这疫病如何传播，我们几乎一无所知。有人说是空气污浊，有人说是水不干净，还有人说是耗子作祟的结果。自从我临危受命、就任京畿道节度使以来，已过去了二十天，却仍是一筹莫展、毫无作为。”说罢恼怒地揪一揪花白长髯，又道：“今日午后，城中集市的里长告急说无法顺利分派食物。我命他无论如何也要解决此事。尚且无人可代替大商人梅亮，留在城里的几个名流士绅都未能服众。梅亮意外身亡，真是祸不单行。”

“正是，寺卿。梅先生负责分派米粮，着实得力。他不顾年事已高，从早到晚四处奔忙，身为巨富大贾，时常在黑市上用高价购入许多紧缺的肉菜等物。此老居然在自家宅内跌下了楼梯，实乃大不幸之事！”

“他定是下楼时突然发病，或是一时头晕。不过不会是失足踩空了台阶，因为我留意到他的目力仍十分敏锐。如此一个正人君子，居然在我们最为倚重时，由于一场意外而不幸丧生。”这时乔泰送上一杯茶水，狄公接过呷了一口，又道，“当时还有一位名医在场，我记得此人姓柳，似是专门替梅家诊病。乔泰，你去查明他的住处，再命他前来见我。我对梅亮十分器重，想要问一问柳大夫，看能否为新寡的梅夫人略尽绵薄之力。”

“梅先生突然辞世，使得京城中最为古老的三大世家之一从此绝了后嗣。”有人在背后徐徐说道。

一个瘦高男子走上平台，腰背微微佝偻，毡底鞋踩在地上略无声息，身穿一件褐袍，从绣金衣领与镶边可知乃是主簿，头戴一顶黑纱高帽，容长脸面上总显出冷嘲之色，蓄着稀疏的髭须和细细一绺山羊胡，左颊上生有一颗黑痣，上面冒出三根长毫。只听他接着说道：“梅先生原有二子，皆是年纪轻轻便已亡故，他本人续弦后仍无子嗣，因此家业将由一个远房族弟来继承。”

狄公惊问道：“陶干，你已读完了有关梅亮的所有文书？梅亮昨晚故去，今早才刚刚传来消息！”

“回寺卿，早在一月之前，我就看过了梅家的案卷。”陶干沉着答道，“每隔一晚，我都会研读所有世家大族的官府文录，迄今已有一个半月。”

乔泰插言说道：“我在公廨的档房里也见过那些案卷，装了满满几大箱！敢说看上一卷，就得花费整整一夜的工夫哩！”

“有时确实如此。不过我一向睡得很少，那些案卷正好用来消磨长夜，有时竟还颇为得趣。”

狄公闻听此言，不禁好奇地瞥了陶干一眼。此人性情沉稳，寡言少语，却又足智多谋，虽说为自己效力多年，却总有令人惊异之处。

“梅家既已绝嗣，如今的旧族大户里，便只剩下易家与胡家了。”狄公说道。

陶干点点头：“一百年前，本朝尚未创立基业，[1] 时逢蛮人入侵，兵荒马乱，这三大世家曾以铁腕手段统辖过周围地方。”

狄公轻捋长髯：“这三家被人称为‘旧族’，也是颇可玩味。他们将不属于三族之人统统视为外来者，敢说对于皇室也是一样！我听说他们私下相见时，仍用那些旧日的头衔，并操着自己的方言。”

“回寺卿，他们对现今故意视而不见，极其固步自封，从不出来为官府效力，不但彼此层层联姻，主仆之间也多有秽乱之事——实属旧日世家大族遗下的陋习。虽然身在人烟阜盛、繁华熙攘的京城，他们却独居一处、自成一统。”

“梅亮并非如此，他十分看重为国为民效忠尽责。”狄公沉思说道，“至于易胡二人，我还从未谋过一面！”

乔泰从旁默默聆听半日，此时开口说道：“回寺卿，下城中的百姓将梅先生之死视为凶兆。他们笃信这些旧家

---

[1] 英文本中此处还有一句“长安也未被定为都城”，依荷文本删除。其中原因详见译后记。

的命数与其统辖的旧城冥冥中有所关联。那些口口相传的歌谣，似是预示着三家都将走向末路。百姓对那些歌谣十分敬畏，说是预示着旧城气数已尽。自然都是无稽之谈！”

“街市中的歌谣颇有古怪之处。无人知晓它们如何发端，常常是突然出现，随即便如野火一般流传开来。乔泰，这一首有何说法？”

“回寺卿，一共只有几句韵语，听去十分可笑：

三二一，
梅胡易，
失其床，
失其目，
失其头，
万事毕。

“既然梅先生摔破了脑壳，公廨内的书办们坚称正是应了最末一句‘失其头’。”

狄公忧心说道：“赶上这种时候，男女老少总会听信一些离奇古怪的传言。乔泰，你手下兵士报来的消息如何？”

“回寺卿，情势愈发糟糕。不过尚未发生入店抢劫食物和众多暴民参与的骚乱。我与马荣已准备好了应对之策，因为如今正是歹徒作恶的大好时机：焚化尸体需要很多人手，故此我们不得不减少巡夜的更夫。许多富户都忙于出京，甚至顾不得寻到足够的家丁来看守空宅。”

陶干撇一撇嘴，说道：“即使是驻留城中者，也已将大多数家仆遣出城去，只剩下寥寥数人，这情形亦会令盗贼格外中意！不过似是并无匪徒趁机打劫，总算万幸。”

“诸位，我们切不可被眼前的平安无事所蒙蔽！”狄公肃然说道，“如今众人正被恐惧攫住心神，一时木然无措，但是这恐惧随时可能化为令人发狂的恐慌。到了那时，血腥暴行便会在城中各处一齐突发。”

乔泰迅速说道：“寺卿明鉴，我与马荣已建起了一套完备的防御措施，并派手下兵士占据了新城旧城中的战略要地。虽是小型关卡，也全由精心挑选出的将官负责镇守。一旦冒出骚乱的苗头，敢说定能立时扑灭。还有，既然军法允许即时断案裁处，我等——”

狄公抬手示意一下，大声说道：“听！居然还有人在附近唱曲子？”

从下面街中飘来女子的轻声吟唱，并伴有弦索之音，依稀闻得几句歌词：

月中嫦娥莫怪奴，

无奈闭窗牖，

将这清光辜负。

此心极渴慕，

却是永无——

忽听一声惊恐的尖叫，歌声戛然而止。

狄公连忙挥手示意，乔泰朝楼梯方向急急奔去。

三

一个女子紧紧抓住月琴，挡在裸露的胸前，再度惊叫一声。头一个黑衣人后退几步，露出一张印有大片青紫斑痕的红肿脸面，伸出双臂，意欲猛扑上去。女子惊慌失措，朝幽暗的窄巷中左右张望。另一个黑衣人忽然拽住同伴的衣袖。只见拐角处走来一个瘦高男子，身着贵重的宝蓝锦袍。两个黑衣人旋即钻入旁边一条小巷内，在黑暗中消失了踪影。

女子奔至蓝衣男子面前，口中叫道："那二人染上了疫病！一张鬼脸好不吓人！"

男子拍拍女子的后背，手指纤长细瘦，苍白的面上蓄着乌黑的髭须和短短一绺山羊胡，头戴一顶黑纱方帽，微微一笑，出言安抚道："小姐不必害怕。跟我在一起，保你平安无事。"

女子忍不住哭出声来。男子从旁打量，见她身披一件打有补丁的碧绿织锦外褂，前襟敞开，套一条褪色的黑丝百褶长裙，于是将提在手中的红皮匣子举到胸前，说道："小姐且定定神。敝人是个大夫。"

女子揩揩脸面，方始抬头细看。此人似是谦谦君子，虽则双肩窄细、略微佝偻，举止倒是温文有礼。

"实在对不住老爷。奴家走到这京畿道节度使的府外，还以为不会有事哩。今晚刚刚受过一场惊吓……正在哼唱小曲、略定心神时，不想那两个可恶的收尸人……"

"小姐理应多加小心。"男子轻声说道，"你的左胸处有一块瘀青，看去伤得颇重。"

女子连忙拢紧衣衫，嗫嚅说道："这……并没什么要紧。"

"理应敷些药膏上去。在下自会料理此事。小姐看去年纪甚轻，猜想正是二八妙龄？"

女子点头说道："多谢老爷。奴家还是离开此处……"

男子迅速移步上前，将手搭在女子肩头，凑近说道："模样儿生得着实俊俏。"女子朝后退去，男子却揽住她的双肩，"别，别，小姐只管跟我一起来，柳大夫定会好生照料你的！我就住在附近，过后付给你银子……也未可知哩！"

女子抬手用力一推，"别来纠缠我！我不是烟花粉头，而是……"

"你我何必忽然生分起来。"柳大夫刻薄地说道。

幽巷中歌女遇歹徒

女子奋力想要挣脱，衣衫的前襟复又敞开，高声叫道："放开我！"

柳大夫用左手牢牢揪住女子的衣领，伸出右手狠狠揉捏她的胸脯。女子痛得尖叫一声。

这时传来铁靴踩在石板地上的锵锵声，有人喝道："那边出了何事？"

柳大夫连忙松开手。女子抬眼一瞥，瞧见一个头戴铁盔的彪形大汉，于是抓紧手中的月琴，整整衣衫，快步离去。乔泰只看见长裙的开口处露出一条玉腿。

柳大夫怒道："身为医师，出门看诊竟也不得清静！这位军爷，小民还以为官府不许这些下流娼妇们在街中游荡哩！"

乔泰一路赶来时，还有两名守卫随行，此时扭头冲那二人示意一下，命他们回去看门，又拿两手拇指勾住腰间的剑带，上下打量柳大夫几眼，断喝道："还请报上名来！"

"敝人姓柳，是个大夫，家住城东。方才被一女子纠缠，本应上报官府，只是正忙于……"

"你就是柳大夫？好得很，我家寺卿正想见你。"

"荣幸之至。不知明日一大早……"

"大夫这就随我去寺卿的官衙。"

"军爷有所不知，小民正要出去看诊。那人可能已染上疫病，不但地位显赫，还……"

"管他显赫不显赫的，还不是一样死到临头。且跟我来!"

四

乔泰走上通往四楼平台的汉白玉石阶，一路缓步而行，只因从早到晚已站了足足一天。柳大夫跟随其后。

狄公坐在桌旁，正俯身查看巨幅舆图，陶干手捧文书立于一侧。乔泰上前行礼，柳大夫跪在阶前。

“启禀寺卿，方才是一名歌女在街中惊叫。”乔泰说道，“这位正是寺卿要找的柳大夫，据称被那女子纠缠了半日。”

狄公扫了一眼跪地之人，“那女子人在何处？”

“回寺卿，人已逃走。”

“明白了。”狄公靠坐在椅背上，对柳大夫说道，“你且起来！”

柳大夫连忙立起，走上平台，两手笼在袖中，对着桌案方向恭敬施礼。狄公缓捋颊须，默默打量半日，方才说道：“柳大夫，适才在下面街中，究竟出了何事？”

“回寺卿话，小民出门给人看病，手提一只药箱，里面装有药粉与处方。”柳大夫口中说着，取出扁平红匣给狄公过目，“刚刚走过街角，就看见两个穿黑衣的收尸人正在骚扰一个女子，于是将那二人赶走。不料那女人转而朝我兜揽生意，可知是个娼妓。寺卿明鉴，她非但没有谢我，反而纠缠不休！我叫她走开，她却拽住我的衣袖不放，我只得推了她一把，她便大声叫嚷起来，自然是想要大闹一场再讹些钱财。幸好这位军爷及时赶到，那女子就拔脚溜走了。”

乔泰张口欲言，狄公却摇一摇头，和蔼说道：“柳大夫，本官想要见你，是为了详问昨晚梅亮身亡一事。听说你当时正好在场。”

柳大夫凄然摇头，答道：“回寺卿，小民并未目睹这桩惨事。说来真是太可惜了，不但——”

“仵作说过你就在梅府！”狄公厉声插言道。

“回寺卿话，小民当时确实在梅府，不过身处西厢，而事故却发生在对面的东厢内。”

“你且从头说来！”

“谨遵寺卿吩咐。昨天傍晚，刚过戌初，梅先生派人召小民去给府内管家看诊。那老头儿一整天行事如常，两刻钟前忽觉不适，梅先生已命他立即躺下休息。遇上如今这般情势，自然不免会想到……最坏处去。我赶到梅府，结果发现管家只是略微发烧，在此季节倒也算不得出奇。

过后梅先生邀我一同用饭，由于管家卧病在床，其余家仆又全被遣去乡间别墅，梅夫人便亲自出来斟酒布菜。须得说这情形实在令人尴尬万分，居然由女主人侍奉左右……将近亥初时分，我二人饭毕离座，梅先生说要去东厢二楼的书房，打算略读上几页书，然后在房内的长榻上过夜，又对梅夫人说道：'你已辛苦了一天，最好回卧房去好生休息。'寺卿明鉴，梅先生总是这般体贴人意。"

柳大夫长叹一声，接着叙道："我与梅先生道别后，一路走到正门附近的管家房中，见他烧得愈发厉害，未免放心不下，立时开了一剂疏散缓解之药，然后坐在床头，等着看药效如何。偌大的宅院内一片沉寂，倘在平常，本应人来人往、热闹忙碌，如今这般气氛，实在有些诡异。忽听有女子尖叫一声，从东厢方向传来，我连忙奔出门去，在中庭里遇到梅夫人。只见她惊恐欲绝——"

"那是什么时候？"

"回寺卿，将近亥正时分。梅夫人呜咽道是刚刚发现梅先生横躺在大厅下的阶脚处，已经断气了。她一路引我过去，说是打算入寝前上楼去一趟书斋，看夫君可否需要什么东西，结果刚一走进大厅，就看见梅先生躺在地上，于是大叫一声，奔到正门口，只希望管家已然好转，可以——"

“此事自然在情理之中。你可曾查验过尸身?”

“回寺卿，只是匆匆看过。梅先生的头撞在阶前左手边尖利的柱头上，一看便知额骨已碎，定是立时就断了气。又见一支熄灭的蜡烛掉在楼梯最高处，还有一只拖鞋落在半路，那一行石阶甚陡，因此梅先生必是下楼时中风发作。实话对寺卿说，此事倒也并非全然出乎意料。近来梅先生对我抱怨过头疼得厉害，我也曾提醒他要多休息，毕竟已近古稀之年。然而他并未听从我的忠告，执意要亲自主持分发食物，每天从早忙到晚，还耐心听取众人的诉苦之辞，实在太体恤下情了！他一向热心救济百姓，如今溘然长逝，真是莫大的损失!”

“确实如此。过后你又有何举动?”

“回寺卿，我先为梅夫人备好一剂安神药，又去看过老管家，见他睡得十分安稳，便嘱咐梅夫人让一切保持原样，然后径去京城官衙找仵作。那里人人都忙个不停，仵作也是遍寻不得，听人说他出去查看焚尸厂，于是我只得返回家中，今日一大早再去报官时，总算见到仵作，便引他前去梅府。幸好管家已然大愈，可以亲自出门找人料理丧事。仵作验尸时，我也在当场。他发现——”

“本官已看过他写下的尸格，如今且问这些。我很是为梅夫人放心不下，须得有人帮她安排丧礼和其他事宜。

你即刻便传话给梅夫人，就说本官会派几名手下吏员前去襄助一二。”

“寺卿真是一片仁心！梅夫人定会十分感激。”

柳大夫躬身一揖，走下汉白玉石阶。

乔泰怒道：“表面斯文有礼，实则下作不堪！寺卿明鉴，他方才说如何从收尸人手中救下那女子，全是胡扯八道！明明是他纠缠那女子，而不是被人纠缠！”

“我已大致猜到了。”狄公徐徐说道，“这柳大夫给人的印象并不甚佳。正是因此，我才问得十分详细，你方才也已听见。虽说他见多识广、医术精湛，我却不想与他议论一处疑点。陶干，你将尸格拿来如何？定是夹在那些文书里。”

陶干四处翻找，总算寻出了仵作所写的尸格，递到狄公面前。

狄公浏览过后，赞道：“写得果然简明扼要。你们听着！

> 死者梅亮，男，以经商为业，年六十九。前额撞上楼梯底部之柱头，额骨尽碎；尖利柱头之一侧粘有灰白发丝并血迹。左颊有黑色污渍，似为烟灰或墨汁。身侧有多处青紫瘀伤，以双腿、后背、肩

部尤甚。暂拟为意外身亡。”

狄公将尸格撂在案上，缓缓说道：“青紫瘀伤自然是滚下楼梯所致。不过，那些黑色污渍却令我不解。”

乔泰说道：“梅先生不是上楼去过书斋么？定是在房内提笔写字时，面上沾了几点墨汁。”

陶干又道：“若是砚台不甚洁净，动手研墨时，墨汁就会飞溅出来。”

“这倒也不失为一种说法。”狄公说道，“乔泰，你的手下兵丁是否封起了所有下水道口？”

“回寺卿，在上城里，已全都用铁栅栏封起，连个耗子也钻不过去。今日午后，众兵士将去旧城中办理此事，我已约了马荣今晚同行，看看办得如何。”

“好。你二人回府后再来见我。我须得与陶干商议一些棘手之务，午夜之前怕是难以了结。”

五

马荣紧皱眉头，盯着自己手中的酒杯，低声咕哝道：“这么个破烂地方，居然还叫做‘五福酒店’！乔大哥本应选个更热闹的地方才是。不过，如今热闹地方实在难找。”说罢举杯呷了一口劣酒，面上不禁抽动一下，重重放下酒杯，伸伸懒腰，打了老大一个哈欠，皆因这半月以来，每晚只能睡上一两个时辰。马荣平素异常健硕，身量比乔泰还要高出几分，筋肉粗壮结实，此时披着紧身锁子甲，胸前未见统领的金徽，只因被他早早塞在头盔下面，免得走在街上、迎面遇见兵士致敬时自己还得回礼，也算彼此两便。

马荣交叠双臂，郁郁打量着狭长的厅堂。粗木板制成的柜台上，只点着一盏陶制油灯照亮。低矮的屋梁上悬有蛛网，店内酷热闷塞，弥漫着令人作呕的油脂与劣酒气味。驼背掌柜一脸阴沉，招呼过马荣后，立时钻进里屋不见了人影。

店内还有一位客人，看去上了年岁，正独自坐在一张角桌旁，有意不看马荣，手中托着两个花花绿绿的木偶，似是将全副心思都放在此处，另有两个木偶摆在桌上。此人衣着寒酸，穿一身打了补丁的蓝布衣裤，与身后墙上的蓝布旧帘倒很合衬，一顶油腻腻的黑便帽遮住了灰白乱发。

一只小猴蹲在老者右肩上，似是对马荣怒目而视，极力扬起前额，以致皮肉紧绷发白，直起乌黑的头颅，龇出两排利齿，尾巴绕在主人的脖颈处，张口嘶叫一声。老者这才抬头打量了马荣一眼，面带疑色，说话时语声低沉、温文有礼，“这位兵爷，若是想再来一杯，只管开口叫人。掌柜正在后头屋里劝慰他老婆。就在两刻钟前，从对面房中刚刚抬出去三具死尸，令那女人好不难过。”

“他只管去劝慰老婆便是。这一杯劣酒，足够我喝上大半天了。”

“别出声！”老者对猴儿轻声斥道，拍拍它的小头，又道，“此店招待的都是平常百姓，而且多是穷苦人，不过地方选得倒很合宜，正在上城和下城之间。”

“居然还有脸叫五福酒店。”马荣愤愤说道。

“五福即多财、高官、长寿、康健、多子，为何不能叫‘五福’？此店背靠坊内最末一座大宅的后墙，走过几条街去，便是穷人聚居之处，故而此店正是分界，换句话说，将五福分给富人与穷人。多财、高官、长寿、康健都是为富人而预备，多子则为穷人所有，以四对一，然而穷人并不抱怨，从来不会！对他们而言，有一样已经足够，并且绰绰有余了！”

老者放下人偶、拆去头颅，两手修长而灵巧，手法十分熟练。马荣起身离座，挪至老者对面坐下，说道：“你操此营生倒是甚好。我一向爱看精彩的木偶戏，二人对打起来更是漂亮！”见老者在身旁的竹篮内一力翻寻，又问道：“你要找什么东西？”

老者怒道：“找不到合适的头脸！我想做一个活生生的恶棍，这身子十分合适，人高马大，嗜欲极强，不过找不到合用的脑袋。”

“这还不容易！戏台上的恶棍都是这副模样。”马荣说罢，鼓起腮帮子，恶狠狠瞪圆两眼，又歪嘴作嘶吼状。

老者嘲讽地看了马荣一眼，“那只是戏台上的恶棍而已。戏台上的男女角色非善即恶、泾渭分明，但是我这木偶要更胜一筹。我想把它们做成真正的世间人，只是形制小巧一些，故此不想弄成戏台上的恶棍。不知你可听得明白？”

“实话说，没明白。既然你是个行家里手，想必自有道理。敢问如何称呼？”

“在下姓袁，是个木偶艺人，住在旧城里。”老者说着将木偶扔进竹篮内，问道，“你可知道旧城?”

“不太清楚。今晚正要过去。”

“兵爷不妨仔细瞧瞧百姓在那里是如何过活的！有人住在黑暗阴湿的破房里，或是一半埋在地下的废弃地窖内。不过无论何时，我都更中意那些有钱人的豪宅精舍!”老袁伸手挠挠小猴毛茸茸的脊背，又沉吟道，“穷人一向忙于填饱肚子，没有闲工夫去想那些撩拨胃口、残忍无情的消遣，而在你我背后的深宅大院里，富人们却总是如此行事!”说罢抬手指指身后。

“你怎会知道?”马荣随口问道，心想这老头儿好不烦人，但愿乔泰早些过来。

“我知道的比你想到的还要多哩。就在这布帘后头，墙上正好裂开一道罅隙，让你得见深宅大院内的一处地方，实为一道长廊，有时会看见奇事发生。”

“胡说八道!”马荣怒道。

老袁耸耸肩头，“你只管自己去瞧!”说罢在座中半转过身，挑起墙上的布帘，果然露出一道狭缝，凑上近前打量一眼，又转头对马荣淡淡说道，“且看那些有钱人是如何取乐的!”

马荣按捺不住好奇心，站起身来，凑到那狭缝前看觑，不禁倒吸一口凉气。透过砖墙上参差不齐的裂口，只见一条幽暗的廊道，檐上铺有红瓦，后方似是一座门廊，阔窗上挂着竹帘，左右两旁各有一排朱漆大柱。一个瘦高男子立在正中，背朝这边，穿一件黑丝长袍，手持一根长鞭，正在抽打一个裸身女子，动作僵硬古怪，令马荣惊骇无语。那女子俯卧在一张矮榻上，四肢伸开，长发直垂到红色石板地上，后背和腰腿血迹斑斑。男子忽然住手不动，长鞭停在半空中。两只大鸟拍打着五色斑斓的长翼，从柱间翩然飞过。

马荣咒骂一声，转身叫道：“跟我来，去抓住那个恶人！”

老袁一把拽住马荣的胳膊，马荣用力甩脱，又道：“别担心，我乃是禁军统领。”

“不必着急，你要找的人在这里。”老袁说罢，将布帘从上到下迅速扯开，原来里面藏着一只四方形木箱，放在靠墙的一张三足高桌上。木箱前方有一道狭缝。

“此乃在下的小小把戏。”老袁见马荣面露困惑之色，不禁微微一笑。

“该死！”马荣冲口骂道。

老袁抬手摸一摸箱后：“我放了三十多张画片在此。所有场景都来自过去。来看另外一个！”

马荣又凑上去，只见河边一座房舍，精巧雅致，岸上一排垂柳，长枝在风中微微摇摆。一叶小舟划出，一个头戴斗笠的男子缓缓打桨，船尾坐着一个美貌女子。忽然，楼上阳台的门扇打开，一个留着雪白长髯的老者奔出，眼前随即转为漆黑。

“箱内的蜡烛已经燃尽，戏也就收场了。这一出很短，因此不会收你的钱。”

“那些人看去就像真的一般，你是如何做出来的？又怎能让它们活动起来？”

“我从纸板上裁出人形，再加上特别的阴影，使其看去有凸凹远近之别，全是我自创的法子，并将马鬃附在上面，让人形活动起来。除了手指灵巧，还得……”

老袁忽然住口不语，转头望向别处。只见大门开启，走进一个身材颀长的窈窕女子。

六

那女子端立在地，傲然打量着厅堂，一双大眼明亮有神，穿一条玄丝旧褶裙，外面披一件褪色的墨绿锦褂，前襟敞开，紧束的黑色抹胸上方露出一痕雪脯，一张圆润的鹅蛋脸十分苍白，双唇微张，更显得丰满红艳，光亮的乌发从前额朝后梳去，在颈后随意绾成一个髻子。

马荣定定凝望，一时竟神魂颠倒，自忖平生还从未见过如此美貌的女子，虽说衣着寒素，却自有一种高贵的气度，细看那纤腰丰臀的曼妙身段，恍悟自己竟一反常态，非但不曾想入非非，反而油然生出一股从未有过的爱敬交织之情，不禁恼怒地自语道："我定是真的老了！"

就在这时，小猴发出一声哀鸣。

"别出声！"老袁冲口斥道，不复方才娓娓道来时的饱满从容。

女子环顾四方后，大步走到柜台前，丝裙裹在腿上发出簌簌之声。只见她抓起酒壶，在木头台面上咚咚敲了几下。驼背掌柜旋即走出，看见来客，枯槁阴郁的面上立时露出喜色，斟满一杯酒水。女子举杯一口喝干，示意掌柜再度满上。

“这小娘子居然会喝酒!”马荣对老袁咧嘴笑道，说话时仍然注目凝望，不遑他瞬。女子分明注意到马荣正盯着自己，转身径直打量回去，似是毫无顾忌。马荣心想大可起身上前，与这天生尤物搭讪一番，然而观其意态，又自觉不可唐突行事。女子微蹙蛾眉，掉过头去，对掌柜说了几句。掌柜咧嘴一笑，从柜台下面端出一碟腌菜。女子执箸在手，津津有味地吃起来。

马荣从旁看觑，毫不掩饰一腔爱悦欣喜，半晌后冲老袁问道:“你可认得她?”

老袁捻着蓬乱的胡须，答道:“我倒也有意结识，只是未能十分如愿。”

马荣正想打趣一句，忽听外面街中有人粗声大嗓地叫嚷，门扇忽然开启，走入四个泼皮无赖。

“来四碗——”最前头的一人开口说了半句，一见那女子，立时瞠目结舌，抬手捻着油腻的络腮胡，两眼直勾勾盯住不放，全未留意马荣和老袁坐在一旁，歪嘴狞笑一下，对其他三人叫道，“我们要四大碗烈酒！外加这个俊俏的小娘儿们！兄弟们，都过来!”

四人上前团团围住。络腮胡伸出汗毛浓密的大手，搁在女子臂上，乜斜着眼说道：“美人儿，这下你可有四个相好了，都是精壮汉子哩！”

女子放下酒杯，注视着搁在自己左臂上的那只大手，镇定说道：“把这脏爪子拿开。”

四人一齐哄笑起来。一个大汉叫道：“咱们先稍稍教训她一下，这块鲜肉就会变得和软些！”

马荣一跃而起，非得给这些混账一点颜色看看不可！不料老袁伸脚使了个绊子，马荣正好中招，一头栽倒在地，不但压塌了两张酒桌之间的一张椅子，头盔也掉在地上，想要站起身来，脑袋又狠狠撞在桌角处，于是再度倒下，头晕目眩坐地片刻。只听一个男子叫道：“我的胳膊……这心狠手辣的女罗刹！”接着又是一串粗口咒骂，门扇砰然关闭，震落了梁上的白灰，店内随即重归静寂。

马荣连忙从地上爬起，眼前的景象令人实难置信。四个无赖已不见踪影，那女子却仍旧立在原地，举起酒杯示意，掌柜立时执壶再度斟满。她的右袖口处分明显出一大团鲜红印记。

马荣拣起铁盔，低头看了老袁一眼，怒道：“她挂彩了！都怪你这厮使阴招！若不是看你上了几岁年纪，我……”

“坐下！”老袁镇定说道，“我只是为了你好。两边厮打时，若是一方袖中藏有暗器，旁人绝不可上前相助，否则军爷怕是会受重伤哩。”

马荣复又落座，直听得目瞪口呆。

老袁接着又道：“那女子轻轻松松便赶走了歹人。她打断了络腮胡的胳膊，其他人见势不妙，立时撒腿跑了。”

马荣手抚前额肿起的大包，默默沉思。听说江湖女子有时在袖中揣有铁弹，如同鸡子一般大小。只因官府有令，严禁百姓随身携带匕首或其他凶器，违者将会被处以笞刑，故此女侠们创制出一手袖藏暗器的独门功夫。她们将衣袖的前半截攥在手中，内中自有令人生畏的利器，练成之后，出手便可打到对方的要害处，几乎百发百中，令其折臂断肩都不在话下，若是动起真格来，还会直击对方的太阳穴或脖颈，使其当场毙命。

“你理应说明原委，何必绊我一跤。”马荣低声怒道。

“谁叫军爷急不可耐就要上前相救！”老袁淡淡说道。

女子已从右袖中取出铁弹，放在柜台上，正欲在一盆洗碗水中涤清衣袖上的血迹。此时掌柜又消失不见。

马荣站起身来，缓步上前，开口率然说道：“我来帮你一把。”

女子扫了马荣一眼，耸耸肩头，将手臂直伸过去。马荣揉搓袖口时，本想说脱下外褂会更易洗净，又见女子

四泼皮调戏一女子

凛然相望，于是话到嘴边还是咽了回去。只见她生得格外高挑，面颊正及自己的下颏处，发髻虽然散乱，却是乌亮浓密，竟似有些潮湿。如今才看清她身上只穿着外褂、抹胸与长裙，透过旧玄丝，隐隐可见白皙圆润的双峰。

马荣拧干衣袖，女子说了一声“多谢”，依旧立在原地。二人近在咫尺，马荣心中生出一股热望，极想将她拥入怀中，转念一想，这姑娘必是素来脱略，与男人不拘礼数、平起平坐惯了，眼见她拿起铁弹纳入袖中，不禁说道：“你定是抬手一掷，便赶走了那伙歹人，只用了这一边的家伙！”说罢指着她空荡荡的左袖，又道：“我还以为两条衣袖内都会藏有家伙哩。”

女子明眸一闪，瞥了马荣一眼，冷冷说道：“我倒是觉得一之为甚。”

马荣一心全在女子身上，竟未听见门扇开启。背后传来沉重的铁靴声，女子转头看去，只听有人粗声粗气地说道：“小姐无须逃走，本应留下告发那个大夫才是。”

乔泰走到近前，抬手敲敲柜台，马荣不禁愕然相望。

“兄弟有所不知，就在寺卿官衙下面的街中，我正巧听见她大声叫唤。有个姓柳的家伙正在纠缠她，竟是个大夫哩！”

此时掌柜重又回到柜台后方，乔泰要了一杯酒，对那女子问道："小姐要不要也来上一杯？"

"不必了，多谢美意。"女子说罢，对掌柜又道，"记在我的账上如何？"随即整整外褂，冲马荣乔泰略略点头致意，转身快步离去。

"军爷在哪里遇见过她？"说话的却是老袁，此时已走到近前，直直盯着乔泰，面露忧色。乔泰扬起双眉，对着他上下打量。老袁又问道："那柳大夫做下何事？"

"他是个走江湖串木偶戏的，却是无妨。"马荣对乔泰说道。

乔泰对老袁说道："我在京畿道节度使府外的街中遇见那女子。她正弹着月琴哼唱小曲，柳大夫上前非礼，等我赶到时，她却急忙溜走了。"

老袁低声咕哝一句，生硬地躬身一揖，随即快步走回桌旁，将镜箱扛在肩头，待小猴跃上箱顶坐定，便提起竹篮，匆匆出门走入街中。

乔泰说道："既已无事，你我不妨喝上一碗好酒，然后再离开此处。下城中事务极多，你我非得去查看所有该死的下水道口不可。"

马荣心不在焉地点点头，见掌柜正往自己的碗里倒酒，随口问道："那小娘子是谁？"

“你老竟会不知？正是老袁的女儿，名叫蓝白。”

“见鬼！她要是老袁的女儿，为何对老袁不理不睬?”

掌柜耸耸肩头:“没准儿在家里刚刚口角过。那姑娘性子十分刚强，生起气来如同疯猫一般，且又身怀绝技，父女二人常在下城的街角处卖艺。她还有个孪生姊妹，名叫珊瑚，着实是个温顺可人的小妮子！珊瑚不但擅长歌舞，还会弹奏月琴。”

“大哥，你遇见的定是珊瑚。”马荣对乔泰说道。

“是又怎样？这酒账由我来付。掌柜的，该给你多少钱?”

乔泰掏钱付账时，马荣问道:“你可知道他们住在何处?”

掌柜狡黠地瞥了马荣一眼:“这可没个准定。哪里有生意，就去哪里。”

“走吧!”乔泰不耐烦地说道。

二人行至街中，乔泰抬头看看阴暗的天色，愤愤说道:“连一丝风也没有!”

“下城中只会更热，上面府里有什么消息?”

“只有坏消息。死的人越来越多。方才柳大夫去过，讲了一通梅亮如何意外身亡。梅亮倒是个好心肠的老头儿，那柳大夫却是个下作的畜牲。”

六名黑衣人拖着一辆板车转过街角，脸面被兜帽的前帘完全遮蔽，只开了两道狭缝露出双眼。车上堆满了一条条物事，皆用白布裹起。马荣乔泰连忙拉起项巾，掩住口鼻。等板车嘎吱吱经过后，乔泰忧心说道："寺卿本应与朝中大臣一道离京才是。对他那样的大好人来说，此地太过凶险了！"

"你去跟他讲吧！"马荣淡淡说道。

二人一路默默无语，沿着运河边的大街，从东往西穿城而过，很快便望见了著名的半月桥，弯弯横跨于运河之上。此桥由于三孔桥洞而得名，用砖石筑成，不但饱受风雨剥蚀，且又经历了三百多年的战乱浩劫。若是平常时候，桥上总是车水马龙，昼夜不绝，然而此时却阒寂无人，冷冷清清。

马荣忽然在桥头止步，抓住乔泰的胳膊，一字一顿地说道："乔大哥，我要娶那姑娘做老婆！"

乔泰索然应道："大哥实指望你哪天能编派出个新花样来。"

"这回可不一样。"

"还不是一样的车轱辘话。你说的就是酒店里那个小妮子？兄弟，她可是年齿太幼！顶多不过十六七岁。事事你都得从头教她，就是说一点一点学着通情达理，你又不是教书先生，对不对？劝老弟一句，最好找个已然明白事理、知情识趣的女人！会替你省去不知多少麻烦和工夫。慢着，你要跑去做甚？”

只见一个年轻后生迎面飞奔下桥，乔泰一把揪住他的衣领。来人穿一身蓝布衣裤，未戴帽子，一头新近剪过的乱发露在外面，喘息说道：“侯爷死了！被人杀死了！放开我，我得赶紧去官府，叫衙役来……”

马荣问道：“侯爷是谁？你这厮又是谁？”

“小人是个看门的，就住在易府。我娘是易夫人的女仆，看见侯爷躺在长廊里。如今府内只剩下她和夫人。”

“你是说运河对面那座堡垒一样的大宅子？”乔泰说罢，见后生连连点头，又问道，“你可知道是谁干的？”

“不知道！小人不明白怎会出这等事，侯爷今晚明明一人在家。我得赶紧去官府——”

“去什么官府，如今大小命案全由我家寺卿主管。”乔泰说罢，转头对马荣又道，“兄弟，你回去禀报寺卿，我刚从府里出来，寺卿与陶干在四楼平台上。我随这小子即刻便去易家，看看是何情形。”遥望着对岸黑黢黢的一大片宅院，闷声说道，“我的天，姓易的也已丧命！”

“你说什么？莫非你认识那老家伙？”马荣怒道。

“不认识，不过你总该听过那首歌谣，‘三二一，梅胡易’云云。如今只剩下胡家。旧族三大户的老爷们接连死去，未免来得太快了！”

七

狄公靠坐在椅背上，仔细打量面前的女子。只见她身材颀长窈窕，端立在地，手笼袖中半举在胸前，低眉垂目，仪态恭顺，穿一身雪白的丧服，腰间系一条丝绦，两端垂曳及地，乌发绾成一个高髻，面色苍白，容貌清秀，戴两只长长的金耳坠，上面镶有蓝宝石，看去三十左右年纪。

狄公示意陶干给来客倒茶，开口说道："梅夫人何必不辞辛苦特地前来，派人送个口信便足矣，还得劳动夫人登此高楼，本官甚感不安。"

"寺卿这一番慷慨相助，小妇人深觉非得亲自前来致谢不可。还有许多事务须得料理……易侯爷本会派几名家仆前去帮忙，胡先生也是一样。他二位都曾是先夫的挚友。只是如今情势危急，易胡两家的仆从也皆已出城……"梅夫人的语声轻柔悦耳，说到此处，声音渐低下去。

"夫人言之有理。本官完全明白。陶干，你去叫书办来，让他带上四名小吏，预备随梅夫人一道回府。”狄公说罢，转头对梅夫人又道，“本官的手下会为夫人备好有关梅先生离世的要紧文书。至于如何办理丧事，不知梅先生可否留下遗嘱?”

“回寺卿，先夫想要办佛门法事。柳大夫十分好心，已去佛寺商定了一应要务。住持查过皇历，道是明晚戌初乃是吉时，正宜举丧。”

“本官定会亲自前去吊唁。我对梅先生十分景仰，他是所谓‘旧族’中唯一一个公忠体国之人，亲自创办起许多慈善赈济会所，并慷慨捐赠过大笔金银。梅先生不幸离世，夫人定是最受打击之人。不过，全城百姓都与你一同悲悼，唯愿夫人念及此处，心中哀恸会稍减几分。还请用茶。”

梅夫人躬身一拜，双手接过茶盅。狄公见她食指上戴着一枚金戒指，上面镶有一颗硕大的蓝宝石，看去光彩夺目，正与那一对耳环相配，不禁对这安详沉静、气度高贵的女子深感同情。

“夫人本该离开京城。这场可怕的天灾发生后，妇人女子大都出城而去，本官以为此乃明智之举。”狄公口中说着，将一只盛有糕饼的白瓷碟推到梅夫人面前。

梅夫人伸手欲取，忽又停住，双目圆睁盯着糕饼出神，

赴官衙梅氏谢狄公

旋即恢复自持，摇一摇头，柔声说道:“回寺卿，小妇人不想留下先夫独自一人，深知他极关心百姓疾苦。若是我不在家中，唯恐他会因劳碌过度而病倒。奈何他仍是不肯听劝，如今……”说罢以袖掩面。

狄公待梅夫人稍稍平静，方才说道:“本官意欲派人去山间别墅，将此噩耗告知梅家众人，不知夫人意下如何?”

“多谢寺卿思虑周全。先夫有一族弟正在那边，须得尽快接管家务。先夫的元配夫人曾经育有二子，可惜皆已故去，如此一来，再无直系亲属来继承……”

这时陶干引着一名黑衣老者转回:“启禀寺卿，四名小吏已在正门前等候，并会叫一乘军中肩舆来送梅夫人回府。”

狄公起身说道:“本官不能为夫人备一乘软轿回去，实在抱歉。不过你也知道，如今城里所有轿夫都已被派去收尸。”

梅夫人深深下拜，转身离去，书办跟在后面。

“这梅夫人真是姿容秀丽。”陶干议论道。

狄公却听而不闻，拿起桌上的碟子，逐一细看里面的糕饼。

“寺卿，那些糕饼有何不妥?”陶干惊问道。

"我也同有此问。"狄公皱眉答道，"适才请梅夫人用点心时，她看到这些糕饼，似是吃了一惊。不过平常的茶点而已。"

陶干看看碟子，指着正中央的青花图案，说道："寺卿，莫非是因为这碟子上的图样？说来也很是平常，在瓷器上随处可见，称为柳园图。"

狄公将瓷碟一倾，小圆饼纷纷滑落到桌面上，然后定睛细看。只见图中有一座精雅的水边田庄，内有房舍数间，檐顶重重叠叠，岸上一排垂柳。左边一架小拱桥，通向一座水中亭阁，桥上共有三人，其中两人紧靠在一处，第三个落在后面，手举一根拐杖。一对鸟儿在空中振翅飞翔。

"这图样有何故事？"

"回寺卿，至少有十来种说法。根据集市中的说书人所述，最通行的一种是，几百年前，这水边田庄归一个富裕的官员所有，家中只有一个女儿，业已许配给其父的一位老同僚，也是家财万贯。不料女儿爱上了父亲的书记，却是个贫寒的青年书生。这一段私情被父亲察觉后，二人想要逃走，父亲便在桥上一路追赶。有的故事里说这一对男女在绝望中投水而死，魂灵化为一对飞燕或是鸳鸯。还有的则说他二人在亭阁下藏有一只小船，于是得以远走高飞，后来在别处安顿下来，夫妻恩爱，白头偕老。”

狄公耸耸肩头：“好一个美妙的传说。我看不出为何会吓到一位贵夫人。不过，其夫意外身亡一事，令她很是心绪低落。马荣，你为何急匆匆跑来？”

马荣一步三阶奔上平台，叫道：“启禀寺卿，易侯爷被人杀了！就在自家宅中，此时乔泰正在那里。”

“易侯爷？你是说易龟龄？”

“正是，寺卿。我与乔大哥同去下城时，在半路上遇见了易家的看门人。”

“我得先行更衣，然后与陶干一同赶去。马荣，你在这里等候乔泰，过后你二人再出去查看那些下水道口，这亦是要务一桩，不可拖延。陶干，替我拿一件薄布袍来。”

八

狄公坐着一乘肩舆，由四名兵士送至一座高耸的门楼前。狄公与陶干下来，只见街中死寂，一道宽阔的石阶之上，有一面硕大的双扇门，门上镶有铁钉，右扇开有一个窄小的木门，仅容一人通过。

狄公对陶干说道:“每次经过这里，我都会寻思此宅既然建在城中央，为何看去像是一座堡垒。”

“回寺卿，大约一百年前，此处正是城门口。当时的易侯爷自立为一方之主，凡有船只从半月桥下经过，都得向他缴纳买路钱。运河在当年正是护城河。”

这时小门开启，乔泰闪身出来，看门的小后生跟在后面。

“启禀寺卿，易侯爷确是被人杀死，案子出在贯通整个后宅的长廊上，从那里可以俯瞰运河。这后生的亲娘是易夫人的女仆，正是她发现出了人命。我已搜过整个宅院，没能找到一丝凶手的线索。那人定是悄悄溜进来，过后又悄悄溜出去，走的就是这扇小门，因为再无其他出口。”乔泰说罢，抬手指向上方隐约可见的雉堞，又道，“这道墙围住了整个宅院的三面，剩下第四面便是运河沿岸。”

乔泰引着狄公与陶干走入一个阔大的庭院，里面砖石铺地。右边是看门人的住处，门前悬着一盏灯笼，除此之外，再无火烛照亮。

“那扇小木门装有一把簧锁。”乔泰又道，“要从外面打开，只能用一柄特制的钥匙，但在门内只须用手指挑开即可，出去之后随手一拉，那簧片便会落回原处，于是重又锁上。”

“如此看来，凶手必须经由宅内人开门才能进入，但是可以自行离去。”狄公说罢，对看门人问道，“今晚你曾让谁进来过？”

“回寺卿，一个也没有！不过小人一直在灶房里，我家侯爷可能自己开门放人进来过。”

“这门上的钥匙共有几把？”

“回寺卿，只有一把，小人一向揣在身上。”

“明白了。”

此处十分幽暗，狄公看不清对面后生的脸容，只觉得他似是惴惴不安，便决意过后再细问，转而对乔泰说道：“带路去案发之处！”

乔泰犹豫片刻，方才说道：“寺卿，据我想来，或许最好先去看看易夫人。听女仆道是她心神大乱，急于要见寺卿。”

“好，看门人可带我们前去。乔泰，你这就转回官署，马荣正在那边等你。”

看门人从门楼里取了一盏灯笼，引着狄公与陶干走入一间黑暗的大厅。灯火摇曳中，只见左右两旁靠墙立着朱漆木架，架上摆满了成排的长戟短矛，尽头处有一面硕大的执事牌，上书两个斗大的黑字“开道”。

狄公对陶干怒道：“那些仪仗皆应移去才是，易家手握权柄已是一百多年前的旧事了——况且还是自行篡夺的结果！”

“寺卿明鉴，不过是些陈年旧物而已。”

“至少他们理应如此！”狄公低声说道。

三人穿过几道回廊，脚步声在高耸的房顶下发出空洞的回响。

看门人颓然说道：“回寺卿，在平日里，宅内仆役大约有八十来人，疫病爆发后，许多人想要离开，奈何侯爷不肯答应。后来死了十个家仆，侯爷害怕起来，才将所有人遣去山中，只留下我们母子二人。”

三人走过一个小花园，四周围墙环绕，里面植有不少花树，散发出一股幽香，与酷热闷塞的湿气混在一处。看门人举起灯笼，轻轻敲叩一扇雕花繁复的金漆大门。

一个妇人出来应门，身材高瘦，看去年近半百，穿一件深褐色长裙，灰白的乱发上缠着一截蓝头绳，冲狄公生硬地躬身一拜。狄公开口问道："你几时发现出了人命?"

女仆嘶哑说道："大约半个时辰前，奴婢正去长廊里送茶。"

"你可曾动过那里的什么东西?"

女仆直盯着狄公，深陷的两眼闪闪发亮："只碰过侯爷的手腕。人虽已断了气，但身上仍有余温。寺卿请这边走。"

狄公与陶干跟随女仆转入一条狭窄的过道，留下看门人立在花园门口。

女仆引路走入一间拱形厅堂，里面十分幽暗，仅有一盏高大精美的银烛台在后方照亮，墙角处摆着一只大铜盆，里面炭火熊熊，上方立一只三脚架子，悬着一只药罐，冒出一股热气与刺鼻的药味，几乎令人窒息。

狄公朝厅堂后方望去，不禁吃了一惊。只见银烛台旁边有一座乌木雕成的高台，上面摆着一张硕大的镀金宝座。红丝软垫之中，直挺挺端坐着一个瘦削的妇人，全身纹丝不动，唯有两只苍白憔悴的枯手拨弄着放在腿上的琥珀念珠，身穿一袭华丽的赭黄锦袍，上面绣有红绿凤凰，灰白的头发精心盘成一个高髻，饰有几支镶嵌珠宝的细长金簪。宝座上方挂有一幅帛画，高逾六尺，画中一对五彩凤凰。高台两侧立着朱漆大柱，柱上还悬有五明扇。

狄公意味深长地瞧了陶干一眼，陶干不禁撇一撇嘴。凤凰乃是皇后的象征，正如五爪金龙是皇帝的象征，那五明扇也是皇家后裔专用之物。

女仆快步走过石板地，对那宝座上的妇人低语几句。

“走到近前来。”易夫人说话时音声嘶哑，语调平板。

狄公行至高台前，这才看清易夫人眼神古怪，似是漫视远方，年纪虽然未逾半百，疾病与悲痛却已损毁了昔日清丽的容颜。近观之下，才发觉她身上的锦袍已然褪色，还缀着几处针脚粗陋的补丁。墙上的画卷蒙有霉斑，沾有污迹，已变得惨不忍睹，宝座上的朱漆也已开裂剥落。

“今日之会，只为寺卿亲临敝府、勘查侯爷被害一案。”易夫人说话时仍是毫无生气。

“本官有责在身，理应前来，在此向夫人深表哀悼，并恳请省去繁文缛节，即刻便入内查案。”狄公和缓说罢，见易夫人微微颔首，又问道，“夫人可知是谁谋害了易侯爷?”

“当然知道。正是我家的死敌叶侯爷。多年以来，他一直图谋整垮易家。”

陶干见狄公迷惑不解，连忙凑到近前，低声说道：“在一百多年前的战乱时候，叶侯爷曾经盘踞在运河对岸。早在六十年前，叶家便已绝了后嗣。”

狄公朝女仆投去疑问的一瞥。却见她耸耸肩头，走到墙角处的火盆旁边，蹲身下去，抄起两根铜箸在药罐内翻搅。

“莫非叶侯爷今晚来过贵府?”狄公问道。

“男人们在厅堂里商议正事，妾身怎会知道。且去问那胡将军。”易夫人冷冷说道。

易夫人的一侧嘴角开始抽动，忽听“啪嗒”一声响，琥珀念珠从腿上掉到地面。只见她缓缓立起，走下高台，动作木然而古怪，每挪一步，先用丝绸绣花鞋尖试探台阶边沿，行至狄公面前屈膝跪下，举起笼在长袖中的双臂，语声忽然变得圆润饱满：“寺卿一定要为我夫君报仇雪恨!他可是个大好人，求求你了!”话音落后，两行泪水从凹陷的面颊上潸然落下。

女仆连忙上前搀起易夫人，端过一只小瓷碗侍候她服药。易夫人用白皙的枯手拂过脸面，再度开口时，声音

易夫人跪地诉怨情

又转回呆滞平板："我已命胡将军及其武官协助于你，你可以退下了。"

狄公看了一眼易夫人那饱受摧折的面容，不禁心生恻隐，正欲出门时，却见女仆在易夫人身后拼命挥手比划，又指指陶干，显见得是想让陶干留下。狄公点头示意应允，随即转身离去，对看门人说道："带本官去那长廊！"

看门人在前引路，经过几座巨穴似的大厅和悠长静寂的廊道，顶上的椽柱皆已年久发黑。狄公只觉心中愈发不安。易夫人不但患病在身、神智不明，而且一向生活在鬼魅般的往昔阴影之中，此番会面着实令人震动。更有甚者，则是这古宅中弥漫的阴森诡异之气。在某一瞬间，狄公只觉得自己仿佛是一个虚无的访客，走入了一百多年前的真实世界里，重临那残暴血腥的动荡年月。莫非是昔时盖过了今日？抑或是以往的逝者加入了如今染疫而亡者的游魂之中，群鬼正欲占据这沉寂空旷的京城？如此说来，不久前站在官邸高台上俯瞰全城时，那攫住自己心神的恐惧不祥之感，正是来自于此了？

狄公极力整顿全神，揩去面上的冷汗。只见看门人走上一道狭窄的楼梯，推开双扇门后侧立一旁，请狄公步入幽暗的长廊。

“你且回易夫人那里去。”狄公对看门人说罢，抬手关起门扇。只见地中央一张桌案，旁边一把圈椅，一个身穿家常灰袍的男子伸开手脚瘫坐其中。桌上点着一支蜡烛，摇曳的烛光正照在那张残毁的脸上，望之十分可怖。狄公背靠门扇静立半晌，朝四下打量。此处格局颇不寻常，地上铺有红砖，一直延伸到大门左右，大约有六丈长。正对面便是外墙，每隔一段距离，就在墙上开有一道垂直的狭缝，似是弓箭手朝外放箭用的射孔。外墙前方立着一排朱漆大柱，正中间的桌案后方有四扇凸窗，形成一方平台，窗户宽阔低矮，挂有竹帘。狄公再看身侧，只见旁边的墙上镶有深色木头护板，一路延伸过去，在桌案对面建有一个狭窄的高台，高出地面一尺左右，似是乐工的坐席，与此间的刀兵杀伐之气显得格格不入。高台旁边摆着一张矮榻，榻上铺有厚密的苇席，却不见槅栅或帷幔，显然是用于坐卧而并非就寝。柱间摆着六张高背椅，除此之外，别无其他家什。狄公心想这长廊以前定是战略要地，站在此处，可将运河与半月桥尽收眼底。那几扇凸窗与平台定是后来加盖而成，为的是改用作闲居之处。

狄公走到桌案旁，凑近打量死者，不禁猛吃一惊。以前虽说见过各色尸体，然而眼前的情形仍是令人骇异。左半边脸受到重重一击，致使乌珠脱出了眼窝，正挂在面颊上，只残连着几线血丝。右眼呆滞无神，看去惊恐万状，嘴巴张得老大，似是想要叫喊出声，衣袍的左肩处沾有一团干凝的血迹。此处一片沉寂，唯有几只绿头蝇上下飞旋，发出恼人的嗡嗡声，狄公挥手将其驱走。

死者的双臂无力地垂在长袖内，两腿朝外伸展，可见遇袭时定是站在桌旁，受到猛然一击，便朝后仰倒在乌木座椅中。狄公摸摸死者的四肢，发觉尚未僵硬，又卷起衣袖，见手臂上并无任何青紫伤痕，于是站起身来。至于其他情形，且等仵作来了再细细查验。

死者的黑帽掉在地上，旁边有一根短柄细皮鞭，还散落着枯萎的鲜花与碎瓷片，白底蓝图，定是打破的花瓶或花缸。桌上放着一只硕大的碧绿陶罐，旁边满满一碟糖渍姜片，黏稠的蜜汁上爬满了苍蝇，看去黑压压一片。茶篮旁边摆着两只瓷杯，一只杯中剩有茶水，另一只却干干净净。另有一张扶手椅紧靠在桌案对面，显见得没人坐过。

狄公叹息一声，直起身来，缓捋长髯注视着死者。自己以前从未见过易龟龄，实为憾事一桩，如今想要了解其品性，只能依据他人口中所言，甚至连这人言也颇难打探。易龟龄不同于梅亮，一向在旧城中深居简出，除了梅胡二人之外，再无其他密友，况且那胡某人也是素未谋面。狄公苦思半日，终究没能想起梅亮对这二人曾经有何评议。

“至少从他面上能看出一点蛛丝马迹也行。”狄公忧心地低语道。然而死者的半边脸已被打烂，着实难以辨认。此人生得一张长脸，双颊凹陷，口唇削薄，留着灰白的髭须和一绺山羊胡，身量略高，干瘪消瘦。

狄公长叹一声。外相毕竟无关宏旨，最要紧的是性情如何，勘查命案时，这一点向来最有用处。狄公凝神注视着那张残损的脸面，心中暗想易龟龄是否也与其妻一样，整日沉溺于往昔之中。

九

一时陶干与女仆走来，狄公这才如梦方醒。陶干示意女仆等在门口，自己走到狄公面前，低声说道:“寺卿，这女仆十分痛恨易侯爷，有许多事情要讲。”说罢迅速瞥了一眼尸体，又急急问道,“寺卿可否查出了此案的来龙去脉?”

“凶手或是死者的密友，或是身份微贱之人。”狄公缓缓说道,“从眼前的情形推测，虽然易龟龄亲自让那凶手进来，却并未给他看座或上茶。易龟龄将他带入此间，自行坐下喝茶，还吃了几片糖姜——若不是之前吃过的话，就是等待来客时吃过。你看这地上的鞭子，还有打碎的花瓶，定是后来有过一场激烈的口角，或许二人还动了手。易龟龄大声叫喊，那人便用一个沉重的钝器打了过去，一击致命。从伤口的形状看来，我想凶器应是一根圆头大棒，并且用力甚猛。凶手定是一个身强力壮的男子。我所能想到的就是这些。眼下我们须得搜寻线索。”说罢行至榻前坐下，示意那女仆过来。

女仆走到二人面前，对死者并未多看一眼，双臂交叠而立。狄公见她面色阴郁，便和蔼地问道:“你叫什么名字?”

“回寺卿，桂花。”

“桂花，你在府里做事多久了?”

“自打记事起便在此处。奴婢生在府中，长在府中。”

“明白了。易夫人是不是神智昏乱，已不可救药?”

“不是，寺卿。只有心情沮丧时，她才会将昔时与今日混为一谈。”桂花厌恶地瞥了一眼座椅中的尸体，又哑声说道,“全是他的过错。这个狠心刻薄的恶魔，合该有此下场。只可惜他立时便丧了命，本应受尽折磨，正如他折磨别人那般，尤其是可怜的夫人。”

狄公冷冷说道:“易夫人却说他是个大好人。易夫人跪在我面前的那一刻，心里满是对丈夫的挚爱，因此恳求我为他报仇雪恨。”

桂花耸耸瘦削的肩头:“寺卿且听我说，侯爷一向淫荡好色，几乎每天都召下等娼妓来这里。来做什么? 为了看她们那些不堪入目的歌舞，就在那高台上表演——若是那些腌臜下流的把戏也能叫做歌舞的话。”见狄公似要发怒，连忙又道:“侯爷从那些女人身上染了各种花柳病，倒也是活该如此，却连累了可怜的夫人，正是因此毁了她的身子。不过侯爷却浑不在意，一点也不！”

狄公怒斥道：“你这妇人，主家尸骨未寒，竟说出这等话来！莫非你不知道，其人的魂魄很可能仍在四近徘徊，会听到你适才所说的放肆言语？”

“我才不怕哩，这幢阴邪的老宅里，到处都是鬼魂。风雨之夜，便能听见哭号之声。就在这长廊上，有男女被打残或被百般折磨，还有人被活活饿死在地窖里。”

“你说的是一百多年前的旧事吧。”狄公轻蔑地说道。

“其父其祖都与他一样坏，如同野兽一般，他们全都如出一辙。我无须回溯当年证明这些事，根本不必！就在六年前，他拿鞭子活活打死了一个女奴，就在寺卿坐的这张榻上。”

“你可见过有关此案的记录？”狄公对陶干厉声问道。

“回寺卿，没有。对易侯爷唯一的控告便是篡权，最后被无罪开释。”

“你这妇人，竟敢胡言乱语！”

“回寺卿，此事千真万确。若是寺卿派人去后院南边的竹林下挖一挖，就会找到那女奴的尸骨。但是宅内有谁会想要告发自家老爷？我们的父辈伺候过他的父辈，我们的祖辈伺候过他的祖辈。他虽是个恶棍，但终归是我等的主人，天意如此。”

狄公若有所思看了桂花一眼，略停片刻，指着地上的皮鞭，问道："你以前可曾见过此物？"

桂花冷笑一声："当然见过！这是侯爷最中意的爱物之一。"

"胡先生其人如何？莫非他与你家侯爷也是一丘之貉？"

桂花冷漠的面上忽然平添了许多生气，出声说道："寺卿怎能平白诬蔑胡老爷！他可是个正人君子，赫赫有名的武将，最擅长骑马打猎，大有祖风。可是如今，如今甚至不许他随身佩剑！对他而言，这禁令实在荒唐，真是奇耻大辱。"

"他大可从军并谋个武职。"狄公冷冷说道。

"谋个武职！胡家的族长从来都是大将军哩，寺卿。"

狄公只觉长廊中愈发闷塞，便从袖中抽出折扇，摇晃几下，又劈头问道："是谁谋害了你家侯爷的性命？"

桂花应声答道："一个外路人。'旧城'中不会有谁对侯爷动手。定是哪个烟花粉头的皮条客，侯爷今晚也放他入宅了。"

"易侯爷近来常有很多访客？"

"没有，寺卿。在疫病爆发之前，侯爷几乎每晚都会召些淫妇和皮条客前来。自从几个家仆染病身亡后，那些下流坯就不愿再上门了。梅胡二位先生偶尔来过。胡先生就住在运河对面。”

狄公一把合起折扇，问道：“还有一事，谁专为易夫人诊病?”

“柳大夫。听说医术高明，不过却与侯爷一样好色。他常来这里一同取乐，不过乐得也有限。人人皆知他对女人有心无力。”

“你说话最好留神些，不要这般刻毒！造谣诬蔑将会依律受罚。去叫你儿子来，再带上一支蜡烛!”

“遵命，寺卿。”桂花说罢转身而去，行走时步态笨拙。

狄公手捻髭须寻思半晌，低声说道：“简直骇人听闻！愚忠加上痛恨，着实怪异!”

陶干议论道：“回寺卿，百年之前，正是犯上作乱的时候。天下三分，豪强混战，无父无君，亦无法度。平常百姓为了谋生和活命，不得不完全依赖于一方之主。即使有一个恶主人，也要好过根本没有——若是没有的话，就会被蛮族外敌掳去为奴，或是活活饿死。”

狄公点点头，又恼怒地问道：“易龟龄果真品行下劣的话，为何梅亮在我面前从不提起?”

陶干耸耸肩头：“寺卿明鉴，梅先生虽然开通，但是毕竟在旧城里土生土长。”

“易龟龄定是只在自家宅院内才恣意妄为，无论如何，那女仆宁可送命，也不会对我们透露凶手的线索。不过她儿子或许会吐出更多话来，小后生想必较少受制于旧时偏见。你在那里有何发现?”

陶干从长榻旁边的地上拣起一个小小物事，送给狄公过目，却是一只简陋的银耳坠，上面镶有廉价的红宝石。

狄公用指尖轻触一下:“这挂钩上有一点血迹，尚未干透。陶干，今晚有女子来过这里!”

此时看门人走入，将手中燃着的蜡烛小心翼翼放在桌上，刻意不去看那死者。

“过来！本官想要与你略谈几句。”

看门人闻听此言，一张扁平的阔脸立时变为惨白，低矮的额头上冷汗直冒。狄公心想自己当初所料不差，这后生果然怕得要命，于是厉声说道:“今晚来这里的女人是谁?”

看门人猛吃一惊，吞吐说道:“她……她不会动手杀人的，寺卿！她年纪很轻，且又……”

狄公稍稍和缓说道:“本官并没认为是她杀死了你家侯爷，不过可能是一个重要的证人。因此你最好实话实说，也是为了她好。”

看门人喉头吞咽数下，方才答道：“十天前，就在侯爷将家中仆人遣走之后，她头一次来到府里。侯爷不想让我们母子看见他们，就——”

“你是说不止一人？”

“正是，寺卿。每次都有一个男子与她同来。小人……小人曾偷看过一次。我听见她在这长廊里唱曲子……唱得实在动听！我极想看看她的模样，于是——”

“那男子又是何模样？”狄公不耐烦地问道。

看门人犹疑片刻，用衣袖揩揩脸面，缓缓叙道：“回寺卿，我没能看清，庭院内太过幽暗。他是个拉皮条的，或是……泼皮无赖，因为看去身强力壮，十分魁梧，还带着一只手鼓。但是那个女子，我却看得清清楚楚，正值妙龄，生得格外清丽妩媚。不过她定是来为侯爷献舞的，因为我听见有鼓声……”

“今晚这二人可曾来过？”

“回寺卿，这可不敢说定。方才已对寺卿说过，小人一直在灶房中忙碌，帮我娘清洗打扫。”

“明白了，你且退下。”

看门人刚一离去，狄公便对陶干说道：“那二人今晚来过此处，这耳环便可为证。桂花曾道是皮条客可能出手杀人，此言显然不虚。从这皮鞭可以看出易龟龄想要打那女子，皮条客上前拦阻。他们虽被人轻视，所操的营生也绝非体面，但是不乏血性，有时也会对自己保护的女子动真情。很可能是那男子勃然大怒，从易龟龄手中夺下皮鞭，又用随身携带的铁棒打在易龟龄头上。”

陶干点头说道：“一个身强力壮的泼皮甚是合谱，寺卿。易龟龄为何不给他看座上茶，原因也在于此。”

“既然他二人以前来过这里，定已知晓可从小门偷偷溜出去，过后门扇会自行关合。要找到那舞女，应是不难。她定是在旧城的某个妓院中卖身。”狄公略停片刻，疑惑地摇一摇头，接着又道，“奇怪，我本有预感，以为此案将会难以破解……如今看来倒很是简单。”说罢站起身来，“如今再去搜寻别的线索。你查看桌案、长榻和高台，我去瞧瞧其他地方。”

此处颇为闷热，且又混杂着蜡烛燃尽后散发出的刺鼻气味。狄公走上平台，将左窗的竹帘卷起，又用附在顶端的带子系住，两手支在宽阔的窗台上，倾身朝外望去。只见这平台实为阳台，伸出在运河之上，下面有几根立在水中的柱子支撑。左边一堵高高的砖墙，一直延伸至河中，尽头处建有一座四方塔楼。再往前去，则是灌木丛生的低矮河岸，还可望见半月桥正中的拱形桥洞。右边则是易宅陡峭的外墙，尽头处也有一座四方塔楼，河道在那里有一急转，故此看不到远处景致。

狄公打量一眼对岸河湾内的二层房舍，想必正是易龟龄之友胡“将军”的宅邸了！看去似是一座田庄，精巧雅致，顶层的飞檐映在夜幕中，一排柳树垂下长枝，上方有一道窄窄的阳台，所有窗户皆是漆黑。狄公以前途经半月桥时，从未细细打量过胡府，只因从桥上看去，半个宅院都被左边的高大树木遮住，此时对面眺望，却无端觉得颇为眼熟。

一股死水与腐草的阴湿气味扑鼻而来，狄公抽身转回。陶干已将碎瓷片拣到桌上，又拼在一处，此时抬头说道：“寺卿，看来易侯爷想要自卫。这些都是花瓶的碎片，加上其他东西，分明可以推断出前后情形——这黏稠的糖汁正是极佳的线索。”待狄公走到桌案前，接着又道：“客人进来后，易侯爷在桌旁坐下，尝了几片糖姜。他的右手上沾有糖汁，袖口上也沾了一点，我发现鞭柄上也有糖汁，可见他吃罢后拿过皮鞭。正如寺卿方才所说，凶手一时火起，从易侯爷手中夺下鞭子，或是易侯爷自行松手，使得鞭子掉在地上。无论何种情形，过后他想找一样东西用以自卫，于是抓起花瓶。我已将这些碎片拼在一起，原是个长颈瓷瓶，分量颇重，只是还没来得及派上用场，易侯爷就已被凶手击倒，因为碎瓷上不见一点血迹。易侯爷一松手，花瓶便掉到地上摔成数片。有两片较大的碎瓷落在皮鞭上方，由此可知他先扔下鞭子，然后才抓起花瓶。”

“推断得甚是精到！不过，你如何知晓易龟龄伸手抓起了花瓶？会不会是在打斗中，被人一不留神推到地上，或是掉到地上去的？”

“寺卿请看这个。”

陶干拣起一块较大的碎片，举到烛火旁边，伸出细瘦的手指，指着一点黏稠的褐色污斑，“这一片在瓶颈处。易侯爷如果不是想要自卫，为何会抓起花瓶？”

狄公微微一笑：“说得好！我想起来了！对面的胡府，看去正像是柳园图！”说罢抬手一指桌上重又拼起的瓷瓶。只见瓶上果然画着水边田庄和一排垂柳，楼上有一道小阳台。此瓶定是一件上好的古董，青花图样画得十分精细。

“我已找齐了所有碎片，这花瓶应可黏合修补。寺卿，我查过榻下和地面，没见有什么东西。”

“你我一起在这廊上走走看看，之后须得离去，还有许多公务等着要做哩！至于那舞女和皮条客，就交给京畿衙门去四处寻人。你来查看柱子前面这一片地方。”

狄公打量高台时，忽见第三根柱子的柱脚处有一团揉皱的白布，便蹲身下去，叫道:“陶干，拿蜡烛来!”

二人一同细看，却是一方薄薄的白布，似是一块大手帕或头巾，正中央有一点红斑。

“寺卿，凶手用此物擦过凶器！或是擦过两手。”陶干急急说罢，从袖中取出一张油纸，“且让我把它拣起来。”

陶干将白布移到桌上。二人细细端详后，陶干失望地说道:“没留下一点痕迹!”

狄公伸出食指，轻触白布的四角，缓缓说道:“正中间的血迹几乎干凝，但是四角却仍然湿润，应是被水浸过，好生奇怪。快看！还有一小片水草粘在缝线处！陶干，你将这手巾包起带上，可能是一件重要的证物。”忽又举起两手细看，随即叫道:“真是怪事！适才我拉起竹帘，见窗台上满是灰尘，后来在左窗前朝外打量时，将两手支在窗台上，居然没有沾染一点尘土!”

狄公快步走到左窗前，示意陶干将蜡烛移近，俯身细看涂有朱漆的窗台，“这里擦得干干净净，另外三个窗台上却积满尘垢。”又走到头一扇窗前，探身出去。陶干连忙拽住狄公的衣袖。

“你看！阳台下面有一道窄窄的暗礁，就在这几根柱子上方。你看见那贴在边沿的绿茎了没？正是水草。”狄公说罢站直起来，徐徐又道，“可见有人渡河过来，顺着柱子爬上窗台，然后进入长廊。”

狄公恼怒地甩甩衣袖，走回桌旁，拽过另一把椅子重重坐下，交叠双臂，肃然说道：“陶干，我的预感果然没错，此案必有隐情，绝不简单。”

十

狄公立在半月桥正中，将两肘支在坚硬的石栏上，河面望去一片黑暗，唯有桥洞下的四盏油纸大风灯发出亮光。陶干站在一旁，缓缓捻着左颊上的三根长毫。狄公已命两名兵士用芦席卷起易龟龄的尸身，送去京畿衙门让仵作查验，又派另外二卒出去再找一乘肩舆，送自己与陶干转回官署，是故在此暂候。

“这景象真是大不相同!”狄公说道，“以往升平时节，此处车水马龙，热闹熙攘，直至深夜方歇，两旁全是小商小贩点起的各色灯笼。桥上人来人往，桥下大小船只穿梭来去，彩灯闪亮。如今只是清冷死寂。你可闻到一股阴湿气味？运河里的水流凝滞不动，看那些漂在河中的浮木，挪移得何其缓慢!”

“下边定有成群的蚊蚋。”陶干说道，“即使在此高处，也能听到嗡嗡声，若是——”

狄公抬手示意：“嘘！莫非下城里出了乱子？”

方才似是蚊蚋的嗡嗡声，此时变为模糊不清的叫喊，远处房舍之上升起一道红光。

陶干忧心说道："粮仓正在那边，定是暴民聚众打劫。"

二人默默聆听了大半日，心焦不已。叫喊声渐渐沉寂，后来再度拔高。忽听一声尖利的军中号角吹响，在寂静的城中异常刺耳。

"官兵总算到了！"狄公说着松了一口气，眼见远处的红光愈发耀眼，火焰升腾，又低声道，"但愿他们能平息这场骚乱，不至于死伤甚众。"再打量半月桥附近，仍是不见一个人影。胡府的窗户依旧漆黑，上游沿岸的一排房舍也是毫无动静。若是以往，京城里一旦发生任何异事，百姓们都会十分起兴，然而就在这疫病蔓延、人人恐慌的二十天内，却已学会了事不关己便不闻不问。此时红光暗淡下去，远处的叫喊声也渐渐止息，一切重归寂静。狄公只觉这寂静太过沉重，使人不堪。若是百姓开始打劫粮仓的话……

"第三人闯入长廊，令此案变得更为复杂。"陶干说道。

"第三人？哦哦，你是说游水过来的那个。"狄公转而凝神思虑起人命案来，心中暗自快慰，"游水过去倒也不难，但是要爬上柱子、攀上阳台，须得强健有力。那人必是与易龟龄相识，否则易龟龄看见有个湿漉漉的人影从窗户进来，定会高声叫喊。此人入室时，易龟龄是否已将舞女及其同伴打发走了？或者此人与那一对男女也是同党？易龟龄抓起花瓶想要自卫，究竟是要防范哪一个？若是假设——”

狄公忽然住口不语，皱起两道浓眉，定定注视着黑漆漆的胡府：“桂花说他擅长骑马打猎……莫非会是如此？”

“什么会是如此，寺卿？”陶干急急问道。

“我忽然想到易龟龄抓起花瓶，或许并非是想要自卫。女仆桂花说他阴狠刻薄。他故意打碎花瓶，会不会是为了让人注意到柳园图？会不会要留下指向其友胡本的线索，因为此人就住在与柳园图极其相似的田庄里？”

陶干捻着山羊胡思忖半晌，说道：“未必不会如此。还有一事，桂花道是旧族之间彼此联系紧密，其家中下人从未想过要动手反抗领主易侯爷，依据我读过的案卷，这些说法皆是实情。不过，若是胡本有所企图、非动手不可的话……”

狄公缓捋颊须，默然注视着黑漆漆的田庄，半晌后说道：“陶干，既然我们到了这里，何不上门拜访胡本一回。虽说柳园图这一线索似是不着边际，但是胡本至少会道出许多有关易龟龄之事，还可查证桂花的说辞是否属实。随我来。”

二人走下半月桥，沿着大道行不多远，就看见右手边一排大树，中间一扇乡间竹门，上方悬一块木匾，题有“柳园”两个大字，书法上佳。一条蜿蜒小径通向田庄门楼，朱漆大门上饰有金柳叶图样。

陶干抬手用力敲叩几下，见里面悄无声息，拣起一块石头拍打门板，郁郁说道：“寺卿，我们大概得等上一阵子，非得先唤醒看门人不可。”

话音未落，只见大门开启，走出一个男子，身材低矮，双肩异常宽阔，两臂修长如同猿猴一般，面带疑色打量来客，花白的头上戴一顶便帽，身穿家常衣袍，手举一支蜡烛，阔袖滑下处露出筋肉结实、汗毛浓密的前臂。

狄公殷勤问道：“胡先生莫非正在等待客人？”

胡本抬手一照，让烛光落在狄公脸上，开口时语声低沉：“你究竟是谁？”

“在下姓狄，乃是大理寺卿。”

“我的天！实在万分抱歉！本应认出寺卿来才是。不过以前只见过一回，寺卿穿一身官服，且又相距甚远，怎能——”

“本官与这位陶主簿散步至此，能否进去喝一杯茶水?”

“这个自然！敝人荣幸之至！这一身家常打扮未免失礼，还请寺卿见谅，只因独自一人在此。依今之势，须得将家仆全都遣去山中，着实无法可想，只留下一对老夫妻，今日午后，他二人也出门而去，说是要为儿子办丧事，答应今晚就回来。但是至今还不见人影！”

狄公见胡本絮絮叨叨，不知是他性本如此，还是心里紧张的缘故。只可惜以前素未谋面。或许在哪里见过?这张脸面多少有些眼熟。

胡本一边述说家事，一边引着狄公与陶干穿过花园，园内长满野花，看去已荒废多时。三人走入花厅，里面家什寥寥，只点着一盏小油灯照亮，弥漫着一股霉味。胡本正欲朝里头的桌案走去，狄公却说道：“我们上楼去，找一间能望见半月桥的房间如何？本官已命轿夫去那里接我。”

“好说好说！还请到书房中去，我常在那里午睡，茶具也都齐全，还有一个小阳台，颇为宜人。”胡本引路走上一道陡峭的木阶，又回头说道，“敝人方才被号角声惊醒，声音正是从粮仓方向传来，看如今的情形，似为暴民图谋劫掠之处。但愿没有出乱子吧?”

“既然后来嚣声渐息，想必无事。”

胡本将二人请入一间四方形小屋，连忙推开糊纸拉门，外头正是狄公从对面易府平台上看到的小阳台。条几上摆着两支硕大的老式铜烛台，胡本用手中的蜡烛点亮，请二人在正中央竹桌旁的两张扶手椅上落座，亲自执壶斟茶后，背朝拉门坐在一只马扎上。

狄公呷了几口茶水，见房内虽然家什寥寥，却是个颇为悦人的居处。靠墙一张宽阔的床榻，榻上铺着兽皮，另有一口硕大的乌木橱柜，看去年代已久，本身便是值钱的古董。后墙上挂着一幅精美卷轴，画中一名古代武将，全身披挂，胯下一匹高头大马，披着色彩鲜艳的马衣。卷轴两旁的墙面上装有铁钩，上面挂满长弓、箭袋、短矛与皮革甲胄等物。

胡本顺着狄公的目光看去，说道："敝人唯一的癖好便是打猎。先曾祖曾将此庄作为出猎时的歇脚之处。如今这里人烟阜盛，彼时却是一大片树木丛生的乡间野地。"

"本官听说令曾祖能征善战。"

胡本咧嘴一笑，一张阔脸上泛起喜色，"正是如此！先曾祖骑术超群，是一员出色的武将。在群雄相争的战乱年月，他与易龟龄、梅亮的曾祖父同在此地保境安民。说来早已时过境迁了！当时易家占有土地，先曾祖握有军权，梅家则拥有金银。当李将军——恕我失言，应说是高祖先皇才对——重又平定天下后，三家元老曾齐集议事。寺卿明鉴，关于这一大事的前后始末，全都记在我胡家的编年录中。先曾祖说道：‘我等自当勉力一搏，使得损失愈小愈好。易公请命去统辖边远之地，敝人率领手下将士加入新编的官军，梅公仍在此地坐镇收租。’他老人家真是深谋远虑！只可惜易老侯爷性情执拗，不肯听从，还说‘最好稍稍收敛锋芒，你我不定还有机会卷土重来’。哪里还有什么机会！此地划归京城后，很快便有数千人蜂拥而至，包括大小文官武将与其他人等。如今的上城里，要找到一个听说过易家之人，简直难于上青天！”说罢凄然摇头。

“胡家后来如何？”

“胡家？后来逐渐变卖了所有田地，如今只剩下这座田庄，且已抵押出去！不过总还足够我度过余年。我并无妻妾儿女，独自一人经管家事，偶尔去乡间打猎，或是去易家饮酒闲谈一二。易龟龄虽已失了土地，却仍有万贯家财，一向纵情声色！他总爱找些女人来寻欢作乐，我却不以为然。”

“原来如此。三族之中，似乎只有梅家保全了家产。”

“关于如何赚钱，梅家人向来精明逾常。”胡本愤愤说道，“不但对新晋官员阿谀奉承，还与南方商贾一力交好，故而成为巨富。不过饶是如此，也未能避免跌下楼梯，摔得头破颈折!”

“梅亮故去，实乃一大损失。”狄公淡淡说道，“适才提到易家，你可知道近来常去献舞的年轻女子是谁?”

胡本面色一沉：“寺卿说的是红玉？可见消息已经传出来了。不错，我曾在易家见过那小妮子一二回，舞跳得甚好，曲子唱得也不赖。”

狄公见胡本似是不愿多说此事，便又问道：“她在哪家行院里挂牌?”

“易龟龄从不肯吐露一字，那厮狡诈得很哩！从不让我与她或是那皮条客单独说话。”

“你是说与那姑娘同去的大汉?”

“大汉？我从没正眼看过那厮，不过并非什么大汉，业已上了年岁，后背微驼，打得一手好鼓。”

狄公饮完茶水，闲闲说道：“今晚易府出了些乱子。你可有所留意？从这阳台看过去，正好能瞧见易家长廊。”

胡本摇头说道：“我一直躺在这榻上睡觉，被那该死的号角声吵醒时，看见对面一片漆黑。”

“舞女红玉今晚就在易家，出了一场意外。”

胡本猛然坐起，两只大手放在膝头，问道：“意外?

什么意外?”

“易龟龄被人杀死。”

胡本从座中半身立起，出声叫道:“易龟龄死了!”见狄公点头，重又坐下，口中喃喃念道:“老天，居然死了!”忽又眼锋一扫，凌厉地瞥了狄公一眼，屏息问道:“莫非他丢了一只眼睛?”

狄公扬起两道浓眉，思忖片刻，方才徐徐答道:“不错，可以说确实如此，正是他的左眼。”

“我的天!”胡本一张黝黑的脸面变为惨白，魁梧的身躯瑟缩下去，再度念道,“我的天呐!”见狄公与陶干盯着自己，勉强笑道,“着实不该在意那可笑的童谣，我这颗人头还在项上哩!”说罢抬手一抹汗湿的脸面。

狄公手捋长髯，默默注视，心觉胡本几乎变了一个人。

“胡先生，那些街头巷尾流传的童谣，常常大有深意。据你看来，是谁想谋害易龟龄?”

“谋害易龟龄?哦哦，寺卿有所不知，他拿钱出去放债，要是那些人没法按时还钱，就会使出下流手段来。若是催逼太甚的话……”胡本说罢，耸耸肩头。

狄公见胡本变得寡言少语，不禁有些吃惊，于是从袖中取出耳坠，递到胡本面前，问道:“你可认得此物?”

“自然认得。红玉戴过这耳环，想来是与她的名号相符。”胡本揩揩髭须，又道，“若是那小妮子与此事有涉，倒也不足为奇。看去天真妩媚，听说还是黄花闺女，她自称是个尚在学艺的舞姬。什么学艺！她根本不必再学什么东西！看那一副假惺惺的天真烂漫相，其实早已败絮其中！”说到此处，自觉汗出如浆，抬手又揩揩面颊，“那小妮子甚至不介意在长廊里裸身跳舞！她还玩些小伎俩，但凡有机会时，便冲我眉目传情，背着易龟龄暗送秋波。她那皮条客也设法给我传过一次消息，道是易龟龄正在逼迫她。难道我要坐视不管？我理应徐徐图之，帮她逃脱那老鬼的魔掌。这下作的小淫妇！”

胡本耸耸肩头，接着又道：“既然易龟龄已然丧命，易家从此绝了后嗣，有些事告诉寺卿倒也无妨。易龟龄有一大癖好，便是虐害女人，这是从祖上传下来的。他的祖父易老侯爷同有此好，但是无人议论其所作所为，不过如今世风已变，易龟龄也不得不小心些。他从下城找来烟花粉头，多是从那些‘下民’里。不过红玉与众不同，品级甚高，易龟龄哪能不想把她弄到手！可惜寺卿没见过易龟龄那副垂涎三尺的模样，看着红玉跳舞时，眼里几乎冒出火来！但是这狡猾的小淫妇却总是躲开他！”

“易龟龄可否知道你也被那舞姬迷住了？”

胡本细述柳园旧事

“寺卿说迷住？这说法实在惬当，简直好笑。我也不知该如何解释，不如这么说吧：每次我看见那小妮子，总是忽忽如狂，不过若是看不见她，我也根本不会想起。信不信由你，情形就是如此。易龟龄可否知道此事？他自然是知道的！”说到此处，胡本转过身去，指着河对岸漆黑的易府，“这老鬼近来又想出了一个新花样，到了晚间，等四周变得寂无人声，那厮也不跟我提前招呼说红玉要来，反而卷起竹帘，点亮许多蜡烛，照得长廊里一片通明，然后命红玉在平台上跳舞，正是为了让我从对岸就能看见！老天有眼，那厮真是个下作的恶鬼！”说罢恼怒地挥拳猛拍膝头。

过了半晌，狄公问道：“易龟龄可否请过其他客人在长廊里作乐？”

“只有柳大夫。我一向以为大夫不会去那种地方鬼混哩！不过红玉在时，易龟龄从不请柳大夫出席，只肯与我这密友独享个中乐趣！看在老天分上！”

胡本在座中挪动一下，显然期望客人会就此告辞。不料狄公从袖中取出折扇，朝后靠坐在椅背上，缓缓摇动起来，“本官留意到一事，贵庄的建制格局，应是借鉴了瓷器上常用的柳园图。”

胡本坐直起来，反问道：“柳园图？”接着强打精神，复又转为话多健谈，大声说道：“恰恰相反，寺卿，恰恰相反！是敝庄为那些瓷器匠人提供的图样。”

狄公迅速瞥了陶干一眼，对胡本说道：“本官闻所未闻，倒是听人讲过有关柳园图的种种传说，一个曾经为官的老者，膝下有一妙龄女儿……”

胡本不耐烦地摆一摆手，插言说道：“寺卿明鉴，这些全是无稽之谈！老头儿有个年轻美貌的女儿，通通都是胡扯！实情并非如此，根本不是这样。此事说出来并不光彩，因此家人绝口不提。还请寺卿再喝一杯！”

胡本重又斟满两杯茶水，狄公若有所思地打量着他。此人的态度再度有变，硕大的两眼似是恍惚失神，开口讲述时，音声十分平稳。

“故事发生在先曾祖身上。当他晚年时，本朝已经创立，他也失去了权柄，不过仍然身体康健，住在旧城的老宅里，起居十分豪奢，后来发狂般地迷上了一个年轻美丽的女子。此女名叫蓝宝石，在城中一家妓院里挂牌。先曾祖对她一见钟情，老人家会如何狂热恋慕，寺卿想也明白，花了六根金条为她赎身，着实贵得离谱，不过她尚未被人梳拢过，还为她修建了这座田庄。由于她腰身纤细，正是诗家所谓的‘柳腰’，于是在岸上种了柳树，并命名为‘柳园’。寺卿进门时想必看见过匾额，正是先曾祖的手迹。

“先曾祖让蓝宝石享尽了荣华富贵，但是女人的心思实在难测！梅家的一个年轻后生得见蓝宝石后，二人坠入情网，继而相约私奔。那时在护城河里有一座小凉亭——正是如今的运河——亭外一道窄窄的木桥，正通向敝庄花园。后来先父见柱子霉烂，便命人拆去凉亭。再说回那二人约定的当晚，梅公子将一只轻舟藏在亭下，还带了几名打桨的好手，满心以为先曾祖在城内有事，不得脱身。

“当日蓝宝石的卧房，就在这层楼的另一端。梅公子正帮蓝宝石在房内收拾细软时，先曾祖忽然走入。他虽已年过花甲，却依然十分壮健。梅公子拔腿就跑，蓝宝石紧随其后，二人下楼奔入花园，先曾祖见状大怒，挥舞手杖一路追赶。二人正过桥时，先曾祖追到近前，本可当场要了这一对狗男女的性命，不想一时激愤，竟突然昏倒在地、人事不省。那二人并未回头多看一眼，跳上小船匆匆逃走，投奔我胡家的宿敌叶侯爷，在其地盘内躲避起来。后来梅公子专为叶侯爷理财，果然是一把好手，不愧为精于此道的梅家传人。”

胡本将一绺乱发从汗湿的前额撩到一旁，两眼郁郁望着漆黑的窗外。

“先曾祖从此全身瘫痪，又活了六年，不得不靠人喂饭，如同小儿一般，每日坐在这阳台上，只有两眼仍可转动，听人说眼神古怪，看不出是爱还是恨，不知他究竟是在得意地回想几乎杖毙二人的那一幕，还是期待蓝宝石终有一天会再度归来。”

众人默然许久，唯闻胡本粗重的呼吸声。只见他依然望向窗外，两手攥得紧紧，宽阔低矮的前额上显出深深的皱纹，终于用衣袖揩揩脸面，瞥了一眼二位来客，神色颇显尴尬，两眼通红，惨然笑道：“絮叨了这许多，还请寺卿见谅！寺卿听去定是索然无味，都是泉下人的陈年旧事罢了！”语声变得嘶哑，喉头费力地吞咽一下。

“胡先生莫非从未娶妻成家？”

“正是。寺卿明鉴，如我胡家这般的旧族，早与现世格格不入。昔日也曾荣耀一时，又何必再怨愤不已？梅亮死了，易龟龄死了，过不多久，我也会随之而去。”

陶干看见半月桥上停着一乘肩舆，对狄公使个眼色。

狄公起身整整衣袍，说道：“得闻柳园图的真正来历，令本官十分快意。多谢香茶款待！”

胡本引着狄公与陶干，默默顺阶而下。

十一

马荣乔泰正在平台上等候，看去形容疲惫、满面尘灰。狄公扫了二人一眼，走到桌案旁坐下，开口问道："下城中的情形如何？"

"回寺卿，骚乱已经平息。"马荣无精打采地答道，"大约有四百名壮汉聚集在粮仓外面，听其口音，几乎全是旧城中人。幸好我和乔大哥就在一条街之外查看下水道口，听见叫嚷声，立即赶了过去。只见他们正挖起铺路的砖石，扔向看守粮仓正门的二十名执戟兵士。另有二十名弓箭手已在墙上的垛口处一字排开，我们只有这四十来人。我俩只得用刀背左劈右砍，在人群中杀出一条路来。我想要跟他们说理，但是领头之人叫道：'皇帝老儿已经溜走了，拿石头砸那些走狗们！'我们说话也没人听得见。这时又有人赶来，将手中的火把抛向官兵，还扔到仓房的屋顶上。"说到此处，声音变得格外嘶哑，只得暂且停下，自行倒了一杯茶水。

乔泰接着叙道："我们先是命步兵排成方阵，试图用长戟逼退暴众，但立时发现那二十人非得被石头砸死不可。当粮仓屋顶的一角起火时，我们不得不下令弓箭手放箭。”

马荣朝栏杆外啐了一口茶水，愤愤说道：“那景象实在令人不堪。寺卿知道那些新式的弩，射出的铁杆箭能穿透盾牌，箭上还有倒钩，打起仗来确是上好的兵器，不过用来对付平民百姓，则未免太过头了，况且其中还混有女人。我亲眼看见两个男子被同一支箭刺穿，活像扎在一根签子上的两块烤肉。弓箭手射了两轮，先冲后方，再冲前排，众人随即作鸟兽散，拖走了受伤者，留下三十来具尸首。”

狄公肃然说道：“你们虽说射死三十几人，却救了无数百姓，使得他们免于挨饿。若是暴众果真劫掠烧毁了粮仓，这几百人今晚会吃个满饱，但也无以为继。若是各家店铺依照定额发放，全城百姓至少还能再吃上一个月。此事虽然令人不快，却也无法可想。”

陶干冷静说道：“梅先生如果还在的话，就不会发生这场骚乱。当日在集市中分发免费稻米时，他曾经当众致辞，劝说百姓要耐心等待，很快就会天降大雨，涤去城中的疫病。人人都相信他的话。”

狄公抬头望天，颓然说道：“根本不见一丝微风。”又直坐起来，振作精神，“你们几个坐下！且来说说易龟龄被杀一事。此案甚是古怪，你们听过之后，想必会忘掉下城中发生的种种。”

三名亲随从旁落座，陶干为众人斟上新茶。狄公简述一番自己与陶干在易府的见闻和与胡本的面谈，眼见马荣乔泰听得兴起，紧绷的脸面渐渐松弛，不禁心中甚喜。

马荣听罢说道：“寺卿，胡本就是凶手！此人既有机会，又身强力壮，并且对易龟龄十分妒恨，只因他独霸那舞姬。”

乔泰说道：“易龟龄定是故意打碎花瓶，留下柳园图的线索以暗示胡本。一只打破的花瓶或罐子大可成为行凶利器，抡起来足以代替棍棒，不过只有市井无赖才会晓得，易龟龄这样的士绅自然不知。寺卿，我们这就去捉拿胡本！”

狄公摇一摇头：“不可操之过急！胡本一力做表面文章，言行举止似是一个心直口快的旧式乡绅，然而功夫仍不到家，看得出心中情感炽烈、颇多煎熬。我莫名觉得，舞姬红玉只是其中无足轻重的一环，正是因此，他才对我们统统道出自己如何为她的媚态所倾倒，并没想到这样做其实是授人以柄、自速其死。目前来说，此事最令我觉得他可能清白无辜。”

陶干捻着山羊胡，说道：“将半真半假的控告掺杂在真话当中，是狡徒们常用的伎俩。在我看来，另有一事颇为可疑，即胡本对易龟龄如何被杀显得毫无兴趣。”

“不过他对易龟龄的眼睛倒是十分有兴趣。”狄公说道。

“莫非想起了外面流传的童谣？”乔泰问道。

“那首童谣令他十分忧心，我却看不出为何会如此。我还想知道一事，即红玉为何处心积虑要挑起易龟龄和胡本的争斗。易龟龄很是富有，胡本却家道败落，为何她要冒着失掉一个好主顾的风险，偷偷对胡本暗送秋波？对了，忘记告诉你们一事，易家女仆和胡本的说辞，证实了我们对柳大夫的观感。此人的私德十分可疑，且又好色。正是因此，我不想看见他总在梅夫人身边打转。梅夫人依然姿容秀丽，如今又是新寡，无人庇护，我委实不该派柳大夫去给她捎口信。陶干，你去看看书办回来了没有！”

马荣说道：“再说回下城中的情势，看来收尸人已渐成祸患。城中里长为了凑足人手，只得召来各路泼皮无赖。况且收尸也绝非美差，可供挑选的人着实有限。没承想他们头上蒙着黑兜帽，除了防止染上疫病之外，居然另有用处。由于不易被人认出，许多恶棍便趁机从死人家中偷窃或勒索钱财。”

狄公拍案喝道：“麻烦已经够多了！马荣，你去命令官府衙役盯紧那些混账，一旦捉住头一个窃贼，就带到集市中施以鞭刑，并告知众人，若是胆敢犯下重罪，定当就地正法。我们非得惩办几人，以儆效尤，否则局势将会难以控制。”

此时陶干转回，书办跟在后面，恭敬说道：“启禀寺卿，我们已清点过梅府的所有贵重之物，并列出一份清单。管家幸已康复，一直从旁相助。我们还封起了银柜与钱箱，以待死者的族弟前来。小人已命人给尸身妥善换上寿衣，再取棺暂厝。”

“柳大夫可在梅府？”

“正是，寺卿。清点府内财物时，他帮了不少忙。我等离去时，他仍与梅夫人商议其他家务事。”

“有劳你了。”待书办退下后，狄公恼怒说道，“果然不出我所料！但愿丧礼之后，梅夫人便会径去乡间别墅。”

“依照常理，她本应在二十天前就转去乡下。”陶干淡淡说道，“寺卿，我得说一句，梅夫人虽然看似出身高贵，我却有些疑心。在研读梅家卷宗时，我发现这桩婚事记录在十三年前，里面除了她的姓名和年岁，再无其他。我又翻了一遍案卷，没能找到关于她本人和娘家的任何字句。要说她是被梅先生花钱赎出的名妓，我丝毫也不会吃惊。”

马荣乔泰相视一笑，深知陶干一向好奇心极重，若是不能探究根底，便会心痒难搔。

狄公微微一笑，随即敛容问道："旧城中的下水道如何?"

马荣答道："回寺卿，全被垃圾秽物堵死了。还有成群的耗子，个头很大，尾巴长长的，看去好不吓人，即使大猫也不敢去捉。我已命手下用铁栅封起了洞口。听那些穷街陋巷里的百姓说，耗子常会啃掉熟睡之人的手指或脚趾，有时还会群起而攻之，咬死襁褓中的婴儿。"

"我们须得立即传令下去，命人打开连通运河的水闸。如此一来，那些下水道便会被冲刷干净。耗子一旦没了垃圾秽物可吃，自会迁至别处去。陶干，你这就去东西城门，传令给城门守卫!"

陶干离去后，狄公又问道："你二人今晚还有何打算?"

马荣答道："回寺卿，我们想要小睡一阵，然后再出去巡察所有关卡，乔大哥去上城，我去下城。以前对寺卿说过，我们没有足够的兵士四处镇守，不过前去鼓舞一番，总会令将士们大为振奋。人手欠缺实是个绝大难题，从粮仓一事就可证明。寺卿可否允许我二人从御林军统领处借来一百名步兵?"

"自然可以。让书办写一文书，过后我会亲自盖印上封。皇宫四周有宽阔的护城河，围墙高耸，易于防卫。还有，暴民出袭为的是抢夺食物，而并非钱财。”狄公说罢思忖片刻，又道，“马荣，你走到半月桥附近，不妨留意一下胡府，看是否另有他人在内，只为碰碰运气。我与陶干前去拜访时，觉得他似有所待。要说胡本与舞姬红玉串通勾结，红玉前去胡府，也不是全无可能。如今时机大好，只有胡本一人在家。若是红玉果然去了胡府，你就将他二人一并拿下。我已命各处里长与衙役去行院妓馆中寻那女子，但是他们全都忙得不可开交，难说有没有工夫和人手去办理此事。你二人最好此时就回去！先洗浴一番，再好好休息一阵！”抬头看看马荣，忽又关切地问道，“粮仓发生骚乱时，你被石头砸中了不成？”

马荣抬手一摸前额坟起之处，难为情地笑道：“不是，寺卿。我在五福酒店等候乔大哥时，出了一点小岔子。几名无赖纠缠一个女子，我想出手相救，却绊了一跤，脑袋正撞在桌角上。谁知那女子竟藏有暗器，根本无须我去援手。”

“这倒有趣，我曾听说过暗器功夫，莫非真如众口相传的那般厉害？”

“一点不错！不过一眨眼的工夫，她就赶走了四名无赖，打折了其中一人的胳膊，并且只用到一边袖中的铁弹!”

“我还以为总会两袖齐发,如同使出两把短刀。某些身份低微的女子也会操练此技。”

“寺卿,她可不是身份低微。”马荣急急说道,“她爹是个走江湖的木偶艺人,虽然牢骚满腹,说起话来却文绉绉的。”

乔泰也从旁说道:“她的孪生姊妹珊瑚,碰巧就是今晚在街中被柳大夫纠缠的姑娘。”

马荣漠然说道:“我没见过珊瑚,不过她姐姐蓝白生得健壮高挑,性情沉稳,举止正派,完全不是又俗气又聒噪的江湖艺人。”

狄公面带疑色瞥了乔泰一眼,心想马荣跟随自己多年,虽说是条好汉,却向来中意那些俗气聒噪的年轻女子,着实无法可想。只见乔泰扬起一边眉毛作为回应,看去也是甚难置信。

狄公起身说道:“我得去公廨里瞧一瞧。明早用饭时,你们再来见我。不如说今早才对,因为此时已过午夜了!”

十二

马荣只睡了半个时辰左右，便起身预备出门。此时将近丑正时分，马荣脱去厚重的锁子甲，换上一件舒适的褐布外褂，又摘下笨重的铁盔，戴上一顶黑帽。此行路途甚远，必须走遍所有关卡，由于负责镇守的将官全都与自己相识，因此一身便装倒也无妨。

查过第四处关卡后，马荣发觉已走到半月桥附近，想起狄公的吩咐，于是决意去瞧瞧胡家田庄。

马荣走上桥面，在正中桥洞的栏杆旁立定，朝四下打量。只见胡府一片漆黑，唯有一楼的糊纸拉门背后发出微光，阳台正在那里。

“如此说来，胡家果然来人了！我们也去凑个热闹！”马荣满意地念道。

只听桥下传来一阵水声，马荣低头看去，却见一股急流围着桥墩打转，形成漩涡，泛出白沫，不禁低声咕哝道：“看来运河的水闸已开，但愿我等也能放天河之水，让这沉沉死气也流动起来……”

马荣蓦地收声，两手抓紧栏杆，尽力倾身出去。左岸下游处，就在胡家田庄下方，暗黑的河水中，有一个白色物事若隐若现，忽而显出一条手臂。

马荣奔下桥去，一头钻入位于溺水者上游的灌木丛中，手脸虽被荆棘划破，却是全然不顾，一路行至水边。急流已吞没了一大片河岸，并冲去大量泥土。马荣踢掉脚上的毡鞋，脱去长裤，连同衣帽一起扔在高处的树丛里，随即跪在泥地上，抬手抓住被水淹去一半的灌木枝条，抬眼打量前方。桥下的灯笼照耀着水面，闪出点点微光，这时又瞧见水中举起一只手臂，那人定是在拼命挣扎，然而并未被急流冲走，这情形好生古怪，看来是被水底下看不见的东西给缠住了。

马荣一个猛子扎进河里，游了几下，便觉出危险来。此处生有一大片水草，茎叶颇为坚韧。在凝滞不动的水里，这些水草已牢牢扎根在河岸上，如今即使来了急流，也没能将其连根拔起。那溺水之人显然是被水草缠住。马荣自小生在水乡江苏，水性极佳，心知游得太快，手脚便会被那些长长的草叶死死缠住，于是任由自己随波逐流，只上下移动两腿，免得沉下去，同时用两手分开水面上的草叶，开出一条路来，却没能发现那溺水之人，忽觉两手触到一绺长发，然后又是一条手臂。马荣连忙用左手托住那人的后背，只觉肌肤柔滑，又用右手奋力划水，将其头脸托出水面。只见那人面色惨白，两眼半闭，竟是蓝白。

“把两手搭在我肩上，不要动!”马荣叫道，见蓝白双唇翕动，方才松了一口气。蓝白开始作呕，马荣让自己的两腿沉入水中，直到一只脚触及河底的空地，一边踩水，一边用右手拂过蓝白两腿，除去了缠在她腿上的水草，手法十分灵巧。只是自己平日疏于操练，此刻已觉疲累，要将她平安救上岸去，着实有些吃力。马荣见蓝白闭起两眼，心中十分焦急，她已失去知觉，虽说如此一来更易施以援手，不过胸脯已不见起伏，须得抓紧行事，免得她命丧己手。

“我既不能耽搁，又不能着急，真是要命的差使!”马荣想到此处，深深吸一口气，在水中猛一翻身，将全身无力的蓝白置于自己两腿之间，用左手撮出她的下巴，使其口鼻露在水面上，自己的一只脚却被另一片水草缠住，不过总算摆脱开来。在胡家花园前方的河岸边，生有一棵枝叶低垂的大树，马荣朝那里顺流游去。

“这姑娘真是分量不轻!”马荣一边口中念叨，一边托着蓝白吃力地走上地面，用脚四处摸索，终于找到树丛中一片生有长草的空地。马荣将蓝白脸面朝下平放在地上，大力摇撼她的双臂，四下一片漆黑，如此动作时，只得全凭感觉。蓝白吐出许多水来，可知并未断气，马荣不禁心中大慰，伸手触其脸面，只觉眼睫微颤、口唇翕动，连忙将整个人翻过身来，跪在一旁，替她按摩冰冷僵硬的四肢，一时气喘吁吁，竟不知从面上肩头流下的是河水还是汗水。

忽听蓝白低声说道："把你的手拿开！"

"闭嘴！"马荣喘息说罢，想到她不会认出自己是谁，便稍稍和缓说道，"我曾在酒馆里帮你洗过衣袖，不知你可还记得？我还与你父亲说过话哩。"

只听传来一声轻笑，蓝白喃喃说道："你摔了个嘴啃泥。"

马荣悻悻说道："一点不错，我想要帮你解围，谁知你自己就能应付。不过今晚却不一样，你怎会下到河里去？"

马荣揩擦着蓝白的大腿，只觉筋肉结实，不禁心中暗赞。

蓝白轻声说道："此时我难受得很，你先说如何会碰巧看见我，明明午夜都已过了。"

"我们须得四处走动巡夜。那时我站在桥上，就看见了你。顺便说一句，我名叫马荣。"

"幸好被你看见。多谢你，马长官。"

马荣勇救溺水女子

“只是常事而已。如今说说你是怎么回事，总不会是胡本将你从阳台上扔下水的吧？”

“说来好不滑稽！胡本并未将我扔到水里，是我自己跳下去的。”

“跳下去？从半月桥上？”

蓝白叹息一声：“既然你救了我的性命，想来总该对你道出。长话短说，我爹曾是胡家的下人，几年前离开了胡家，其中有何缘故，我却从不知晓。胡本叫我今晚去他家里，道是发现了与我爹有关的一些事，理应让我知晓。我一时糊涂，居然真就去了，结果发现那厮竟是个色鬼。你且停手，不必再替我揉搓，如今已觉无碍。我与胡本独在那边高处的书房里，他想要迫我就范，于是动起手来。我略学过一点武艺，奈何那厮是个老手，且又力壮如牛，后来我的衣裙都被撕烂，终于给他小腹上来了一脚，踢得他朝后退去。我奔上阳台，跳进河里，虽说水性不差，却没料到会有那些该死的水草。”

“这狗娘养的！你要是觉得大好，我们这就去客客气气拜访他一回，我非揍得他老实招供不可。”

马荣忽觉蓝白将一只手放在自己胸前。只听她急急说道：“不可如此，求你了！我爹的性命全在他手里。”接着又酸楚说道：“再者说来，当时又没有证人在旁。去告发如此一个大人物，谁会信我的话呢？”

“我信！无论何时何地。”

马荣只觉蓝白用手臂环住自己的脖颈，朝下曳去，凑上来亲吻双唇，赤裸的双峰抵在自己胸前，禁不住张开两臂，将她搂入怀中。

肌肤乍一相亲后，二人激情迸发，未有片刻犹疑。四周一片漆黑，不但可以恣意纵情，还酿出无限温柔缠绵之意。一时终于云散雨收，马荣躺在草地上，一只手臂环住蓝白的双肩，另一只手放在她起伏的胸前，心想自己还从未遇到过如此令人迷醉的女子，不禁一阵狂喜。二人双双并卧许久，竟不知今夕何夕，马荣心中唯愿长有此刻，永无尽时。

不料蓝白甫一开口，却似兜头一盆冷水浇来。只听她不经意地说道：“迟早都会有这一出。今晚本就多事，再多一桩又有何妨。”

马荣心中陡然一沉，竟至无言以对。忽听蓝白又道：“衣服怎么弄？那些蚊子最可恶不过。”

“我去胡家后院看看。”马荣低声说道。

马荣一路穿过灌木丛，口中咕哝道：“真是黑得要命！她到底是说玩笑话，还是果真不当一回事？要是能看见她的脸就好了！哎哟！”此地满是草茎和尖利的石块，赤脚踩在上面，不禁吃痛出声。

马荣翻过花园的木头篱笆，找到一根晾衣绳，上面挂着用人的衣物，显见得忘了收进屋去，于是拣了一件打补丁的外褂和一条蓝布裤子。

马荣将外褂递给蓝白，说道：“不知你穿着是否合身，不过有两条长袖，可以把那两个铁家伙兜进去。今晚你没带在身上？”

“没有。我不是说过自己是个糊涂虫么！还以为像胡本那般人物，有的是女人供他消遣后半辈子哩。莫非你没弄到鞋子？”

“我这就带你去方才脱鞋的地方。”

马荣不顾蓝白反对，伸手抱起她朝前走去。这女子绝非轻巧纤弱，不过二人面颊相触，也足以补偿这番辛苦。马荣走到路边，放下蓝白，去寻自家衣物，出没绿林多年而练就的敏锐感觉仍未消退，因此不费吹灰之力便找到了地方。

马荣走回蓝白身边，将项巾撕作两半，分别塞入自己的两只鞋内，说道：“给你。穿上这个，虽说不能跳来跳去，不过至少可以护住你那双小脚。你住在何处？”

“离此地不远，就在道观后面的街巷中。”

二人默默朝前走去，这情状多少有些尴尬。马荣斜眼瞟了蓝白数次，奈何周遭十分幽暗，看不清她的脸面，拿不定主意应否再度搭讪，走过半月桥后，终于胆怯地开口说道："我还想与你再见面，或许……"

蓝白止住脚步，两手叉腰，轻蔑地瞥了马荣一眼："统领老爷，你要是以为从此就能轻轻巧巧结下一段私情，我非得让你扫兴不可。你救了我的性命，我也已情债肉偿，你我从此了账，听懂了没有？"

马荣深感心痛，正在寻思如何作答，只听蓝白又愤愤说道："我爹说得没错。你们这些高高在上的官老爷，把所有平民女子都看作猎物一般。莫非家中三妻四妾还不够你忙活的？"

"我没有妻妾！"马荣怒道。

"扯谎。如你这般身份，早就该娶妻成家了！"

"我没成过家。虽说也不必假装心无此念，但确实不曾娶过妻妾。身边觉得孤单时，也曾有过几个女子对我温存体贴，不过向来维持不久。想是从没遇到过命中注定之人。"

"他们都是这一套说辞。"蓝白冷冷说道。

"得了，随你怎么想吧。"马荣疲惫说道，"我们接着朝前走，除了护送迷路的姑娘回家，今晚我还另有公务。"

"遵命，统领。"

“你这蠢丫头，别总念叨我的头衔！我并非那些高高在上的挂名将官，本是个船夫的儿子，对此还非常引以为傲。我老家在涪陵，是江苏的一个小渔村，像你这样自高自大的城里姑娘自然不会听说过。”马荣说罢耸耸肩头，不再言语，心中郁郁难平。

蓝白未发一语，也未移步前行。马荣若有所思地搔搔面颊，接着又道：“我爹是个大大的好汉，能一手提起一袋稻米，就好像提着一袋子鸡毛一般。但是我们只有一条船，我爹死后，为了还债，我只得把船卖掉。”说罢住口不语。

过了半晌，蓝白徐徐说道：“欠债是什么滋味，我再清楚不过。那你后来又做何营生？”

马荣从沉思中猛醒过来，抬头说道：“我以前学过不少武艺，于是被当地县令雇去做保镖。虽说他付给我不少银子，却是个品性下劣之人。有一次，他有意诓骗一个寡妇，我一怒之下，一拳打在他下巴上，把他打翻在地，真是痛快得很哩！”说罢禁不住咧嘴一笑，又愠怒地看了蓝白一眼，愤愤说道：“打了县令可是要杀头的罪名，我只得赶紧逃走，从此投身绿林。怕你不懂，不妨说得更明白些，就是做了剪径强人。”

“我当然懂得。既然做了剪径强人，又怎会变成禁军统领?”

“只因遇到了我家寺卿，他是世上最正直的大好人，收我做了随从。后来这十五年里，我一直为他效命左右。我能有今天，全是托他的福。”

蓝白盯着马荣若有所思，改用乡音说道:“你真是家在涪陵?”

“见鬼!”马荣叫道,“你不会也是涪陵人吧?”

“我娘本是涪陵人。她十分温柔可亲，但是好几年前就死了。”蓝白说罢默然半晌，又道,“我爹来自旧城。”

“他虽说绊了我一跤，不过看去倒是个好人，就是牢骚多些。”

“他是个出色的艺人，不过经历了一场惨事，从此变得愤愤不平。”

二人走不多久，便看见碧瓦铺顶的道观出现在前方，门楼的檐下依然亮着大灯笼。

蓝白抬手按住马荣的胳膊:“你我就此别过。跟你提个醒，我去胡家的事，不必让我爹知道。我会对他说自己不小心掉进了河里。”

在灯笼的亮光下，马荣总算看清了蓝白的脸面，见她眼中分明流露出脉脉温情，不禁勇气大增，开口说道:“若是你我还能再见，我定会十分欢喜。不是因为那些事，只为能彼此相知更多。难道就不能找个地方见见?”

蓝白轻拍一下湿漉的长发:“若是你愿意,那就明日午时,五福酒店。我自会设法过去,你我可以一起吃上一碗面。世人根本看不起我这走江湖的女子,不过倒也有些好处,只要我中意哪个男子,就可与他公然出来走动。若是你不介意被人看见与我在一起,那就一言为定。”

“你拿我当成什么人了? 不见不散……侠女!”

十三

次日清早，天光刚一破晓，狄公穿着一身睡袍走上平台。只见空中飘浮着黄色雾气，团团围绕在前方与左右，如同穿不透的厚墙一般。这二十天里，每天早晨都有此雾，却不见一丝微风。天气既然未变，也就无望降雨。四处弥漫着溽热的疫疠之气，瘟病肆虐的京城又将面临令人窒息的一天。

狄公走回房内，随手关上门扇，里面阔大而低矮，颇为闷热，不过须得将那致病的雾气阻隔在外。此房位于官邸最上层，通常用作夏日小聚的宴厅，众宾可在汉白玉平台上欣享晚间清凉。自从情势变得危急，朝廷将这京畿道节度使的官邸指派给狄公之后，狄公便决意将此处作为自家公署，命人搬来四张宴桌，摆成四方形，分别堆放各类公文，又将自用的书案置于正中。头一张桌上的文书全是有关例行庶务，其次是紧急事宜，再次是大理寺的案卷，最后则是关于食物供给。如此一来，自己坐在当中，样样触手可及。

后墙处立着一张长榻和一只茶几、四把椅子，墙角处有一简朴的面盆架。狄公已将三位夫人与儿女们送至一个好友的山间别墅，再下令锁起位于皇宫南边的宅院，如今起居饮食、料理公事全在此处。

二十日前，圣上亲自将管辖京师之责全权托付给狄公，从此之后，狄公便在此间运筹帷幄，发号施令。在距离京城一百里之外的山间平地上，有一大片临时扎起的皇家营帐，圣上与文武百官已悉数迁入其中。京城里瘟疫蔓延，人口已减少了三成多，变为一座弥漫着恐惧的孤岛，唯有无常鬼四处游荡，这一切全都留给狄公料理。

狄公还在官邸内设置了有关京畿事务的几个重要分部，由几十名吏员与勤务兵四处传信。马荣乔泰在三楼掌管军务；陶干在二楼负责档房；整个底层则充作公廨。

一名勤务兵送来早膳，将一碗米饭和一碟咸鱼腌菜放在茶几上。狄公从旁坐下，执箸在手，却发觉自己全无胃口，昨晚与陶干一道起草官府文告，午夜过后多时方歇，只睡了一个时辰不说，还不断被噩梦惊扰，如今倦意时时袭来，愈发感到疲累。狄公只觉咽喉疼痛，端起一杯酽酽的热茶大口灌下，喝罢后再度斟满，正徐徐啜饮时，乔泰进来请安问好，随即也自行倒了一杯茶水，开口说道："启禀寺卿，上城中一切如常，唯独在半个时辰前出了一桩罪案，说来颇为糟心。一名军中百长染病身亡，四个收尸人受命去他家中料理，却奸污了寡妇和两个女儿。幸好她们的叫喊声被过路巡兵听见，这才当场捉住歹徒。依照寺卿的吩咐，我已派兵士立即带那四人前去焚尸厂，在开阔处就地正法，几乎所有收尸人都齐集旁观。”

狄公点头说道：“相信此举会有所警示。当时有多少收尸人在场？”

“回寺卿，登记在册的大约有三千。我们发给每人一块铭牌，上面标有数目，每隔七天发工钱时，必须出示此物。不过，只怕其中许多泼皮无赖并非是为了挣钱，却是想穿上黑斗篷，蒙起兜帽，企图为非作歹并逃脱责罚。”

狄公将茶杯重重放下，说道：“我们要派人去巡察，不过谁也不想接近他们，况且如今又缺少人手……”

这时房门开启，只见马荣走入，陶干跟在后面。

“寺卿，我有胡本的新消息！”马荣说罢咧嘴一笑，坐下述说了一番夜中遭遇。

“听去令人好生惊诧！陶干，昨晚你我去意外造访时，胡本等候的显然就是这姑娘。”狄公说罢，目光锐利地瞧了马荣一眼，又问道，“你能肯定她说的全是实情？”

“寺卿总不会以为她一丝不挂跳进河里，是为了畅快游水吧？”马荣愤愤说道。

“这个自然不会。”狄公说罢思忖片刻，接着又道，“至于胡本与她父亲有何渊源，须得让那姑娘道出更多。你可知道去哪里能找到他们?”

马荣面露尴尬之色，“回寺卿，说是在道观背后某处。不过明日午时，我会与她再见一面。”

狄公朝马荣投去犀利的一瞥，说道：“明白了。你二人会面之后，你再带她来这里，连同其父一起。无论如何，我们可以名正言顺地拘捕胡本，罪名便是希图强暴，不意竟来得全不费工夫。”说罢走到书案旁，取过一张公文格目，提起朱笔迅速填好，又盖上大红印章，对三名亲随又道：“将胡本小心关入大牢后，我等还得去勘查易龟龄一案，搜寻更多有关凶手的证据。”

狄公一拍手，一名勤务兵应声入内。狄公递过差票，命道：“立即将此票送给一个军中百长，令他带上四名手下前去捉人。胡本可能会拒捕，不过务必留他一条性命，并且不能使其受伤，你可记住了!”

勤务兵利落地行了个礼，转身奔出时，却险些撞上正要进门的书办。书办对狄公禀道：“有一位方先生想求见寺卿。他一向主管，哦哦……京畿特别事务。”

陶干俯下身去，对狄公低声说道：“寺卿，此人负责统辖妓院赌馆，听说品格端方。”

"带他进来!"

只见一名男子走入,生得短小精悍,身着简朴的蓝袍,头戴一顶小圆帽,乍一看似是店铺掌柜之流,然而细瞧面目,便可知并非如此。脸上纵横刻有几道深深的皱纹,左边眼睑低垂,不时抽动一下,使得左眼看似不停开阖,右眼冷冷地直视前方。狄公见来人这般形容,不禁立时想起蜥蜴来,又见他意欲跪下,便焦躁说道:"省去这些繁文缛节,只管报上正事!"

"启禀寺卿,小人受命查找一个名叫红玉的舞姬。值此疫情危急之时,妓院赌馆的生意十分清淡,小人便决意亲自出马,耗去整整一晚,面会了妓院行会的书记与几个要紧人物,并派手下特使去询问各家挂牌行院里的眼线。打探过后,得知以下几事:其一,这女子无疑是个学徒,若要在习艺时获准出去献舞,非得有一名资深舞姬陪同不可,从旁帮忙更衣,斟酒布菜,招待客人,并奏乐或唱曲。在未经核准之前,学徒不得出去公然献艺,更不许跳什么淫荡的裸舞,唯有得到特许的舞姬才可如此。其二,在所有官家或私家名录中,都不见红玉这一名字。其三,最近半月之内,没有一家妓馆行院收到过易侯爷召人的指令,在此之前,他倒确是常常光顾。"

男子用右眼定定注视着狄公,接着又道:"寺卿明鉴,在小人看来，那女子与其同伴皆是冒名顶替。行会书记对这欺诈之举极为愤怒，立时发了一道悬赏令下去，但愿很快就会找到那二人。”只见他左眼不停开阖，难以确知究竟是眨眼还是痉挛抽动，说话时语声干涩：“对于暗中拆台的行径，行会绝不会姑息手软。”

“有劳你了。听去颇有用处。”狄公说罢，正想将这活似蜥蜴的方某人打发走，陶干却附耳低语了几句。

狄公犹豫片刻，清清喉咙，又问道：“你可是一向擅长处置机密事务?”

“回寺卿，正是因此，小人才得以供职二十年。”男子说着浅浅一笑。

“本官想让你去打探梅夫人的家世背景，就是大商人梅亮的遗孀，不过千万要小心谨慎。她以前似是歌伎出身。”

“回寺卿，小人对此正好略知一二，立时便可回禀。梅夫人并非真是歌伎，倒不如说是个学徒，十三年前曾在旧城的一家妓院里挂牌，花名叫做蓝宝石。”

“当年是梅亮将她赎出?”

“回寺卿，并非如此。她只是与梅先生同住而已。”男子见狄公扬起两道浓眉，连忙又道，“小人实在抱歉，自从当差以来，只有少数几起案子办得不甚如意，这便是其中之一。我曾遇到两个障碍，着实难以逾越。一是蓝宝石挂牌的妓院属于旧城——但凡那里没有罪案发生，我便受命不得插手。后来过不多久，那家妓院毁于一场大火，里面的人几乎全被烧死。虽然蓝宝石被人赎出，我却没能查出买主究竟是谁。二是蓝宝石后来才跟了大富商梅先生。虽说梅先生在旧族中算是开通之人，然而一旦涉及族内隐情时，他仍是讳莫如深、不肯吐露，况且又是京城中数一数二的富商大贾，自不会容忍家中私事被人窥探。正是因此，小人对此案记忆犹新，至今仍耿耿于怀。”

“本官可以想见，亦深信你行事干练。若是那假冒舞姬的红玉有了下落，立刻报知与我。”

男子就此告退，待门扇关闭后，狄公怒道：“胡本对我们说的全是谎话！若是没有那枚耳环，我会相信红玉及其同伴纯属子虚乌有，只是胡本与易家仆从编造出来的人物。我已发票命人捉拿胡本，想来更觉此举甚妥，皆因……”忽见一个勤务兵在旁，不禁怒道：“又有何事？”

“启禀寺卿，京畿衙门有人来报，道是易夫人悬梁自尽，被柳大夫发现。众衙役……”

“本官将会亲自去查看，”狄公断然说罢，起身离座，对三名亲随又道，“真不知还要出何事故！柳大夫发现出了人命！又是那外表斯文的伪君子。陶干，今早有哪些公务要办?”

“回寺卿，半个时辰之内，城中里长将齐集议事，商讨如何劝说农人继续送菜入京，寺卿须得亲自驾临，过后还得面见……”

“好好！我们还有半个时辰，可去易家看看是何情形。拿我的衣帽来，立刻出门，你们三个也同去。”

十四

狄公带领众人前去易府，自己与三名亲随同坐一乘军用大肩舆在前，后面另有一乘，坐着仵作与其帮手。浓雾已升上高空，唯余一片潮湿稀薄的水汽，空旷的街巷似是在酷热中微微颤抖。

大铁门上的小门开启，柳大夫现身出来，两眼直瞪着狄公，惊惶说道："小民……小民本以为京畿衙门会派人前来，不意竟是寺卿驾临……"

"本官决意亲自查案，前面带路。"

柳大夫躬身一揖。众人穿过庭院，行至围墙环绕的花园中。柳大夫并未朝那扇金漆大门而去，却引路走向一间厢房，正是易夫人的卧室。狄公匆匆打量一眼精美的紫檀木家什，径直走向床榻。榻上横陈着一具尸首，用白布蒙住全身。狄公掀开一看，只见死者面目扭曲，肿胀的舌头伸在外面，于是示意仵作与其帮手上前验尸。女仆桂花正蜷缩在墙角处的地上，哭得浑身颤抖，狄公若有所思打量半日，心想还是过后再召她问话为好，随即转身出门，柳大夫也跟着出来。马荣乔泰陶干正立在小小的莲池边，狄公直走过去，坐在一张石凳上，对柳大夫问道："你是几时发现出事的?"

"回寺卿，就在两刻钟前。小民前来探视易夫人的病情，易侯爷被害已是晴天霹雳，唯恐——"

"这些不必多说，言归正传!"

柳大夫委屈地望了狄公一眼，无奈说道："侍女桂花带着小民径去卧房，道是很高兴我前来造访，早上她去给易夫人送茶，门从里面上了锁，且无一声回应。如此举动，常常意味着易夫人晚上睡得不好，心绪十分低落。我答应她会开一剂舒缓之药给易夫人，然后自去敲门，大声道是前来看诊，连叫了几遍，里面全无动静。我担心易夫人在夜里病情恶化，须得立即诊治，便让桂花叫来她的儿子。那后生用一把利斧劈开了门锁。"

柳大夫手捻细细的山羊胡，摇一摇头，接着叙道："只见易夫人吊在正中的屋梁上。我等立时割断绳索，奈何她全身已冰凉僵硬。一把椅子倒在地上，看来她是将梳妆台挪到正中，再放上座椅，自己爬了上去，将脖颈套入绳圈内，然后踢开椅子。我还发现她的脖颈断裂，因此必是立时就断了气。身为易家大夫，小民拟将死因定为由于一时神志失常而自寻短见。"

入易府狄公问详情

“有劳你了。如今你去寻那仵作，不定他想要问你几事。”待柳大夫重又返回卧房后，狄公对三名亲随说道，“他们在这里验尸，我们可到别处看看。先去那长廊，光天化日之下，许是会发现昨晚遗漏的线索。看门人在哪里?”说罢拍一拍手，见无人回应，又道，“且罢，我总还记得如何走法。”

狄公引路穿过空荡荡的廊道，只拐错了一处地方，终于寻到通向长廊的台阶，自己率先上去，陶干跟在后面。狄公见窗上的竹帘全都低垂，对陶干命道:“最好卷起这些——”

话音未落，只听有人在背后大叫一声，却是马荣僵立在地，目瞪口呆。

“你中邪了不成?”乔泰怒道。

“这长廊与老袁给我看过的木偶戏一模一样！里面有个黑衣男子正在鞭打一个女人!”马荣说着，抬手一指平台，“唯独这长榻挪到了正中间。那女子脸面朝下躺在榻上被抽打，还——”

狄公惊问道:“你在说些什么？谁是老袁?”

马荣将头盔朝后一推，抓抓头皮，“说来话长——”

“既然如此，我们不妨坐下再叙。陶干，你先卷起那些竹帘。这一股子霉味令我不喜。”

众人坐在榻上，马荣细细讲述了一番老袁与其木偶戏。“最后他给我演了另一出，布景是水边的一座田庄，由于箱内的蜡烛熄灭，只看了短短一刻。昨天夜里，我站在半月桥上，周围黑漆漆的，看不清胡家田庄。不过如今我可认出来了。”说罢抬手一指窗外，“老袁给我看的第二出，画中就是胡府。”

狄公手捋长髯打量窗外，思忖半晌，对马荣肃然说道：“此事只能说明老袁知道六年前的那桩旧事，即易龟龄曾在这长廊中鞭打女奴致死，胡本也卷入其中。既然他女儿说他曾是胡家的下人，甚至可能目睹过。马荣，你必须找到老袁，我非得与他面谈一回不可。”

“寺卿放心，我定会尽力去办！”马荣说着咧嘴一笑。

狄公起身说道：“我想让你和乔泰看看这长廊。据我推断，只有训练有素之人才能从底下攀爬上来，你们来判定对还是不对。”

马荣乔泰行至窗边，狄公与陶干在长廊里四处逡巡，再次查看所有可疑的痕迹。

马荣与乔泰议论几句，走到狄公面前。乔泰说道：“回寺卿，攀上一根柱子并不难，不过要爬上暗礁，就是另一回事了。寺卿想也注意到那礁石比柱子高出一尺左右，窗台又比礁石高出三尺，且没有东西可以抓住。要想一路攀入室内，须得体力强健，还得有熟练的技巧。一个惯于爬树的猎人自然可以办到，不过必须身量很高才行。”

狄公沉思说道：“胡本身材不高，但我留意到他的胳膊很长，如同猿臂一样。因此——”

这时陶干拽拽狄公的衣袖，懊悔说道：“寺卿，昨晚我看漏了一样东西！”说罢一指护壁板。只见其中一片已然开启，正在床榻旁边，“这甚至算不上是一道暗门，上面还装有一只平常的把手，不过其他板子看去全是一样，况且昨晚房内又十分昏暗……”

“不必在意。我们进去看看！”

门内一间小室，四壁上未有窗户，十分闷塞，弥漫着一股陈腐的脂粉气味。梳妆台占去半边地方，台上摆着一面硕大光亮的圆形银镜，几步之外立着一只鼓凳和两个高高的衣架。后墙上开有另一扇小门。

狄公拉开梳妆台的抽斗，里面皆是空空如也，忽见木板的裂缝中嵌着小小一个物事，连忙拣起，对三人说道：“你们看！红玉姑娘走得十分匆忙，这红宝石原是镶在她另一只耳环上的。”说罢将其纳入袖中，又道：“如今再看看那扇门通往何处。”

马荣上前推开小门。只见一道窄窄的楼梯朝下延伸，通向一条长廊，两旁未有窗户，尽头处一扇小门通向前院。

陶干说道："易侯爷将此作为进入长廊的捷径，如此一来，他便可引着狐朋狗友悄悄过去，而不会被家中仆从看见。"

"那间密不透风的小间，便是女子们的更衣室。还不如说是脱衣室哩！"马荣议论道。

这时易府的看门人正穿过庭院，手提木桶和扫帚，看见狄公一行人，笨拙地躬身一揖，随即快步溜走。狄公两眼直盯着他，对马荣的话似是听而不闻，过后转身对陶干说道："你看那后生的模样，可曾想起什么人来？"

陶干疑惑地摇一摇头。

狄公断然说道："他与胡本有几分相像。难怪我见到胡本时，总觉得有些眼熟，如今在白日里看清那后生，方可确认无误。陶干，你也提起过旧族内常有秽乱之事发生。那看门人正是胡本的私生子。桂花之所以想要混淆视听，除了痛恨易龟龄之外，居然另有原因！必是她发现易龟龄横尸长廊后，便将窗台擦拭干净，为的是抹去胡本来过的痕迹。"说罢住口不语，以指代梳，缓理长髯。

三名亲随从旁注视，见狄公只顾想心事，似是全然忘记了还有他人在侧。狄公终于抬起头来，对马荣问道："说回昨天晚上，你在酒馆中遇见老袁时，他可知道你是何人?"

"回寺卿，并不知道。他以为我只是个平常的兵丁。我事先摘去官徽，又穿戴着一身盔甲，在外人看来，官兵皆是一个样。"马荣说罢皱皱眉头，又道，"不过，那是在他给我看木偶戏之前的事。等我见到那吓人的景象后，便对老袁道出我乃是禁军统领，想让他带路去酒馆背后的宅院中捉拿人犯。"

"明白了。若是如此，我须得立时见到此人，明天未免太迟。只可惜他女儿没告诉你家住何处。那酒馆里的掌柜会不会知道?"

"回寺卿，他也不知。我问过此事，他只道是父女俩居无定所，毕竟是走江湖卖艺之人。"

"且罢，等我们查看过易府，你就和乔泰去道观背后那一带寻访袁氏父女，然后带老袁与女儿珊瑚前去官署，蓝白倒不必面见。仵作应已查验完毕，我们这就过去。"

狄公手笼袖中，一路穿过庭院。

花园的莲池边，柳大夫与仵作正坐在石凳上等候，一见狄公，连忙站起身来。

仵作呈上一份尸格，说道:"启禀寺卿，小人已查验过尸身上下。易夫人定是在丑初前后悬梁自尽，正是一日中情绪最为低落之时，全身并无暴力痕迹。柳大夫推断她如何行事，小人听罢十分赞同，并在尸格中写下了所有细处。若是寺卿准许，小人这就开具一份死亡证书，然后将尸体暂厝在一口薄棺内。死者有一近亲，住在城东，是个上了年岁的叔叔，小人已从女仆口中得知其宅址，可命人前去传话，他自会来料理后事。”

狄公点点头，命道：“留下两名兵士在此看守。柳大夫，本官还想与你说几句话，且去前面的厅堂。马荣乔泰，你二人可依照吩咐自去行事。陶干，你最好转回官署，将众里长议事的文书备好，我与柳大夫谈过之后，便会立即回去。”

狄公步入大厅，见墙角处有一张小茶几，先用袍袖一角拂去椅子上的灰尘，随后方才落座，示意柳大夫也坐下，和蔼说道：“本官很想听听柳大夫对易夫人自尽有何评议。在你看来，她为何会寻此短见？”

柳大夫原以为狄公要疾言厉色详问一回，闻听此语，分明松了一口气，手捻胡须，沉思说道：“寺卿明鉴，心病总是不易确诊。不过，小民定期为易夫人看病，或可略论一二。”说罢清清喉咙，接着又道：“虽说死者为大，不当有所非议，不过小民务必得告知寺卿一事，易侯爷生性残酷无情，且深受反常情欲的折磨，一向溺于声色、恣意妄为。易夫人深爱其夫，眼看他日渐堕落，心中苦不堪言，想要寻求解脱，便凭空自造出丈夫乃是正人君子的虚幻念头，最终信以为真。她的心绪很不稳定，极想求得一刻平静，于是用这假想来饮鸩止渴，如今听说丈夫死去，这幻念也骤然破灭，不得不面对自欺的苦果。对她而言，这一重创实在不堪承受。”

狄公缓缓点头，只觉柳大夫口中所言，恰与自己所想不谋而合。此人果然十分精明，须得小心应对。

“柳大夫体察入微，所言甚是。还想再问一事，却是与医术无关！身为大夫，你自然听说过许多逸事，尤其是关于所谓的‘旧族’，他们绝少会对外人道出。据说梅夫人的家世出身有些不明之处，如今衙内吏员必须拟出一份有关梅家遗产承继的官文，而且牵涉的数目甚巨，故此颇觉棘手。不知柳大夫可否指点一二？”

柳大夫似是猛吃一惊，面露疑色，见狄公面无表情，随即浅浅一笑，“回寺卿，所谓的不明之处，实是刻意造作出的。个中秘密自然无人知晓，小民这就对寺卿道出。我能得知此事，是出于……行医的缘故。”

“莫非你是说梅夫人以前当真做过歌伎？”

“不不，寺卿！若是有人着意让事实变得含糊不明，自然也得冒些风险！世人皆爱丑闻，轻口薄舌者还会四处散播种种无稽之谈！寺卿明鉴，梅夫人不但绝非歌伎出身，而且恰恰相反，生于旧城中一个极有名望的世家。”

“既然如此，为何会出现含糊不明之处？”

“回寺卿，只因她的娘家与梅家有过一段世仇，其父坚决反对这桩婚事。虽说梅先生的年岁要大过梅夫人一倍，梅夫人却看中了梅先生品格出众，执意要嫁，见父亲坚拒不允，便自行离家奔去梅府，后来二人私下里秘密成婚。寺卿明鉴，梅夫人真是一个出类拔萃的女子！其父虽然极为震怒，却也无计可施，后来离京迁至南方去了。实情便是如此。”

“世人以讹传讹，竟会一至于斯，实在可惊可畏！本官自会告知手下此事已妥。关于如何在城内防止疫病传播，不知柳大夫有何高见？”

柳大夫细述了一番应当如此这般严加防范，直讲了大半日工夫，狄公听得颇为入神，心想此人虽说好色，对医道却甚为精通，于是殷勤谢过。柳大夫一路恭送狄公至正门口，一乘军用肩舆已等在彼处。

十五

道观的高大门楼前，有一道宽阔的石阶。马荣乔泰立于阶下，郁郁看着对面两名道士躬身再拜，黄袍的长袖拖曳及地。

两个收尸人从街中走来，其中一人掀起黑兜帽的边沿，冲道士哑声叫道："牛鼻子，我们的符箓比你们的更好卖哩！"

旁边那人哈哈大笑，笑声回荡在空旷的街巷中。

年长道士对乔泰说道："贫道见多了那等无赖，自然不会在意，不过从未见过有人在附近演木偶戏。"

"最近十天里，没人来过敝观，我等只是日夜求雨。"另一个道士说道。

"那就接着求吧！后会有期！"马荣率然说罢，对乔泰示意一下，二人走到街中。

对面的一排店铺全都关门闭户，乔泰看在眼里，沮丧说道："他们显然只在大清早开张半个时辰，就像上城一样，卖出去一点吃食，便又关起店门。我们找谁去打问那演木偶戏的父女俩？总不能在这附近挨家挨户敲门吧？”

马荣郁郁说道：“此事着实难办，街上连个小童都看不见。他们平日里最爱看木偶戏，自会知道一二。”

乔泰揪了半日髭须，忽然问道：“老袁的那只小猴是何模样？昨晚酒馆里黑灯瞎火的，我没能看清楚。”

“老袁的猴子？你问这想要做甚？”

“那小猴有没有尾巴？”

“有，很长，且还毛茸茸的，绕在老袁的脖子上。”

“好！那就是一只树猴！”

“就算是一只树猴，又好在哪里？”马荣怒道。

乔泰仰头打量道观，沉思说道：“兄弟，我想咱们最好爬上那边的高塔。”

“爬上去做甚？莫非你想舒活一下筋骨？”

“想找找看哪里有树。附近的树木肯定不会多，在这等穷街陋巷里，住户肯定侍弄不起花园。如今的走江湖卖艺之人常会带一只小猴，在看众里端着盘子四处收钱。他们很看重这些被驯养的猴子，平日里自会精心照料。因此老袁为了让那小猴爬上爬下、心情欢快，须得找一个有树的落脚之处。若是养一只地猴，就不必如此，它在家中上蹿下跳、钻进橱柜和床榻底下就很称心，只因本性如此。”

马荣缓缓点头。他与乔泰曾一同出没绿林多年，深知这位老兄对付动物很有一手，喜爱驯服它们，并观察其一举一动，于是说道："好，我们这就去爬那该死的宝塔。从高处应能看见附近哪里有树。虽说并不一定管用，但总要好过一筹莫展。"

二人再度走上石阶。一个道童引路穿过中庭，行至三清大殿背后的九层宝塔入口处。两兄弟顺着狭窄陡峭的台阶一路上去，汗流浃背，怨骂不休，终于登上顶层平台，却发现笼罩在大片屋顶之上的溽热雾气已稍稍消散，整片里坊如同舆图一般展现在眼前。唯独在道观背后有一片绿荫，那里住的全是穷苦百姓，再往远去，一根高高的旗杆上挂着一面旗幡，孤零零垂落下来，正是军营关卡的所在地。

"兄弟，我们就去那片有绿荫的地方，"乔泰说道，"你看，周围的屋顶围成四方形，且高出其他房舍，应是一处很老的旧宅。想当年，这一带曾是城中心，宅子就建在那时，如今里面挤进了十来家穷人，只为找个遮风蔽雨之处。"

"好，那正是老袁想要落脚的地方。我们且看看如何才能过去。"马荣说罢倚着栏杆，眺望下方迷宫也似的大片街巷，"有了，我们先设法去道观背后的一小片空地，然后顺着小巷蜿蜒下去，再走过一段直路，朝左一拐，顺路过去必不会太错。”

二人沿阶走下宝塔，心中十分欣喜。

然而过了两刻钟，二人复又心绪低落起来。肮脏的街巷曲曲折折，走出愈远，两旁的房舍愈发破旧，并且未曾遇见一人，连问路也是不能，终于在一个街角处看到一名老妪，浑身衣衫褴褛，正在气味难闻的水沟里寻觅吃食。

那老妪道是从未在附近见过走江湖的木偶艺人或是女子，不过再朝前走过三条街，确有一幢旧宅。“占了老大一片地方，如今有人住在后院。不过没见有树木。前院已十分破败，我们将死人扔在那里，等着被收尸人抬走。”说着将一绺灰白的乱发从汗湿的额前撩开，又道，“我们总算走运，附近有不少收尸人，心肠都很好，不但会召去鬼魂，还有符箓可以祛病消灾。”

乔泰谢过老妪，与马荣继续前行，在下一条街中，迎面遇见十来个收尸人，其中有一瘦削男子，身着昂贵的锦袍，头戴一顶黑纱高帽。

马荣叫道：“柳大夫！你在此处作甚？”

柳大夫对旁边一个身材高大的黑衣人说了几句，随即走到马荣乔泰面前，恭敬说道：“马长官，小民去那边的旧宅里探望两个女子，可惜已是回天乏术。她们染上疫病，刚刚眼看着断了气。”

马荣面色陡变，只觉腹内一阵翻搅：“你是说老袁的两个女儿?”

“老袁？莫非她们姓袁不成?”柳大夫冲那收尸人问道，对方并未答话，只是耸耸被黑斗篷遮住的肩头。

乔泰命道：“领我们过去看看，大夫。我倒不知你还会照顾穷人。”

柳大夫冷冷说道：“小民对行医一向十分看重。若是二位非要去核实一下，且跟我来。”

三人朝前走去，一群收尸人跟在后面。半晌过后，那名大汉走到乔泰身边，从兜帽下闷声说道：“这位统领，我认得你，就是你在空地上命人砍了我们四个兄弟的脑袋。”

“我还会命人把你的脑袋也砍下来，即使犯的罪过尚没那般严重！你且留神些，伙计。”

大汉拖后几步，乔泰听见他对其他人低语几句。

下一条街中，又有十来个收尸人加入进来，彼此议论纷纷。马荣回头一看，只见一双双眼睛从兜帽的狭缝中紧盯着自己，闪出恶毒的凶光，不禁抬肘捅捅乔泰。乔泰已伸手握住剑柄，分明也觉察出这伙人不怀好意。

“就是此处。”柳大夫口中说着，停在一扇破旧的大门前。墙上灰皮脱落，露出久经风雨剥蚀的砖石，不过门板看去倒是簇新，上面还饰有门钉。柳大夫抬手一指木闩，两个收尸人上前抬起，推开门扇。柳大夫走进去，马荣乔泰跟在后面。一群收尸人停在门外，狭窄的街中看去黑压压一片。

高大昏暗的廊道门口，只见两个女子直挺挺躺在一堆垃圾秽物中。马荣上前一看，总算放心地长出了一口气。这二女形容陌生，以前从未见过。

“此处的气味甚坏，住户必须从这院内统统搬出去。”乔泰对柳大夫不客气地说道。

“长官不妨自己去跟他们讲！小民有事在身，这便告辞了。”

“遇上你算不得什么幸会。”马荣怒道。

“长官最好留神些。不定哪天就用得到小民了。”柳大夫刻毒地说道。

乔泰咧嘴笑道：“我们要是染了疫病，自会召仵作前来。他有机会细细瞧上一回活人，也算换个花样，定会大喜过望哩！”

柳大夫一言不发，转身出门而去。

马荣乔泰走入狭长的廊道，透过屋顶的塌陷之处，可以望见阴暗的天幕。廊道两旁没有窗户，墙壁看去十分

马荣乔泰查看二尸

厚实，上面生有霉斑。尽头处另有一扇门，乔泰试图推开，却发觉纹丝不动，便将耳朵贴在木头门板上，听见那边有很多人在低声说话。有人突然哑声叫道："狗东西，这下你们跑不了了！"

一个黑衣人从屋顶的残破处朝下窥视，只听"嗖"的一声，一支羽箭擦着马荣的头皮飞过，只偏了一寸左右。

"回到大门口去！"乔泰叫道。

二人沿着廊道疾步奔回。马荣跨过两具女尸，伸手去拉门扇，却是一动不动。

乔泰低声说道："我们被困住了！这些狗杂种握有弓矢，他们会从缺口处放箭，拿我们当作活靶子一般。你我设法撞开那边的门，杀一条血路出去。"

"天知道他们在黑袍底下还藏了什么兵器。他们有四十人，我们只有两个，只可智取，不可猛攻。帮我脱下这锁子甲，快快！"马荣急急说罢，对着乔泰附耳低语几句，随后冲门口大声叫道，"你们这帮狗杂种，休得胡来！我等官兵非把你们剁成肉酱不可！"

门外响起一阵哄笑，有人高声叫道："我们会把你两个严严实实包裹起来，然后再送去上路。没人会知道，也没人会在意！"

“我们不妨商量一下!”马荣口中叫着，帮助乔泰将自己的盔甲套在一具女尸的头上和身上，再从地上扶起尸身。乔泰挥剑刺入女尸的后颈，正在头盔的护耳下方，口中咕哝道:“对不住你了，姑娘。”随即两手握住剑柄，用宝剑挑着软绵绵的尸体，直走到缺口下方。马荣身上只穿着皮裤与中衣，迅速打量一下门上的螺栓，发觉仍可使用，回头再看时，只见两支羽箭已射中女尸，乔泰松手任由尸身倒地，随即上前两步，俯身看去，小心地脸面朝下。一支箭正中他的后背，另一支擦过头盔。乔泰大叫一声，扑倒在女尸身上，不再动弹。

“干掉他们两个了!”屋顶上有人大声叫道。

马荣将后背紧贴在门旁的墙上，听见门闩打开，接着门扇开启，一个黑衣人走入。马荣伸出左臂，从背后勒住那人的脖颈，右手持剑深深刺入其身体右侧，同时抬腿踢得门扇重又关合，将那兀自挣扎之人扔在地上，迅速插上螺栓。

“出了何事?”有人在门外叫道。

马荣已套上那人的黑斗篷，又将他随身带的匕首掖入自己腰间，蒙起兜帽，跑到一动不动的乔泰身边，朝上叫道:“帮我一把!”

上方的缺口处出现两个黑衣人，放下一架竹梯，马荣迅速顺梯爬上。只见那二人手持弓箭，停在狭窄的屋脊上，看去岌岌可危。马荣见那屋脊一直延伸至后方，不禁心中暗喜。

“这是怎么——”高个儿黑衣人开口说道。

马荣猛然出手，推得那人从缺口处一头栽下，又掀起斗篷，拔出腰间的匕首，用尽力气刺入另一人小腹内，随即松开刀柄，将这人也扔了下去，然后重又裹紧斗篷，顺着屋脊小心翼翼走到一个小小的平屋顶处，正是廊道的后门，朝下一看，只见二三十个黑衣人正挤在下面的小花园中，便大声叫道：“前门有官兵来了！快跑！”

众人犹疑片刻，听见包有铁皮的前门处传来隆隆的撞击声，立时拔腿奔向花园小门。

马荣顺着屋脊快步返回，终于平安地走到门楼处，方才松了一口气，又大声叫道：“官兵在后门口！下一条街上还看不见，如果抓紧些，我们还来得及！”

下方传来一阵议论声和叫骂声。马荣打量一下，一片黑衣之中，未见有柳大夫的身影。

马荣走回缺口处，顺着竹梯滑下。乔泰已从女尸身上脱下马荣的锁子甲，连同头盔一起包入项巾内，如今也已穿上黑斗篷，正是被马荣推下地来的头一人身上之物。那大汉躺在地上，摔得头歪颈折。

“套上兜帽，跟我来！”马荣对乔泰说道。

二人爬上竹梯，环顾四周，见所有黑衣人皆已散去，于是顺着屋脊走到廊道尽头，跳入花园，小门正通向一条窄巷。

“去官兵把守的关卡！”马荣喘息说道。

在下一条街中，二人忽然遇到四个黑衣人。

“兄弟们，官兵在何处？”乔泰问道。

“到处都是！还不快跑！”那几人推开马荣乔泰，飞奔入一条小巷中。

马荣乔泰费了不少工夫，方才找到军营关卡，一路上只遇见一个行人。对方见两个黑衣人过来，连忙闪避一旁。

二人直走到一家小客栈的院内，这才脱去斗篷和兜帽。此处正是官兵的指挥所。二人脱去所有衣袍，蹲在石板地上，两名兵士提来冷水帮忙冲洗全身，另有二卒将其衣物盔甲拿到庭院一角，放在火盆上熏蒸消毒，盆内整日烧着芳香的药草。

乔泰听负责关卡的副官道是有一匹马随时备用，心中颇觉满意，这正是他与马荣制订的防御措施中的一环：每个关卡必须备有一匹马，用来在白日里传递消息，到了晚间，则发射各色焰火作为信号。乔泰命那副官派人骑马出去，从附近关卡里调出一百名兵士，去召集周围所有收尸人，“凡是携有兵器者，一律拿下。有谁想动手反抗，便就地正法。将所有人等统统送到巡兵大营里去。”

马荣拿了一片油膏布，贴在乔泰背后的创口处，乔泰痛得面上抽动几下。身披锁子甲虽能抵挡羽箭，但是箭头仍陷入皮肉颇深。

“幸好这只是平常的木箭，”马荣说道，“若是带铁钩的新式长箭，力道甚大，定会扎入体内去。我对那些军需官说过一百次了，既已采用新式弩，锁子甲也得配上铁胸甲和背甲，他们却说不能为了安全而行动不便，真是一群死心眼的混账东西！”

二人重又穿戴好衣物，与副官一起草草吃过午饭，走出客栈，返回那一片街巷中。消息已然传开，众百姓皆知出了乱子，不时有人打开门窗，朝街中焦急地左右张望，还冲他俩问这问那。二人终于找到了地方，这小巷虽然狭窄，却颇为干净，大宅的破门依然半开半掩。

前厅内空空荡荡，墙皮剥落，但是地上不见垃圾秽物，显然有人清扫过。左右两旁各有一间小房，门板早已被人拆去做了劈柴。

乔泰低声说道：“这里没人！”

“嘘！”马荣抬手示意。只听庭院后方传来笛声。

二人穿过厅堂，打开另一头的双扇门，走入一个荒废的大花园中。几棵桃树与橘树长在长草间，左右各有一条敞廊，通往后方一座高大房舍。这正是他们曾在道观宝塔上看到的四方院落。如今乐声愈发清晰，曲调轻快活泼、节奏鲜明，吹笛者显见得是个行家里手。

“找到他们了！”乔泰说着抬手一指，只见一只褐毛小猴，用尾巴将自己悬在一根树枝上，一双圆眼正朝这边定睛打量。乔泰口中发出呜呜声，想要引那小猴下来，马荣却直朝左边廊道奔去。低矮的栏杆上朱漆剥落，足见已是闲置多年。

乔泰追赶上来，不动声色地说道：“但愿你那姑娘在家。我预备让她爹和她妹子都不得空闲，如此一来，你就可找个清静地方与她亲热一二。这次是你应得之分！”

马荣咧嘴一笑，心知这位义兄一向寡言少语，从他口中能说出此等话来，实为难得的盛赞。

二人走到房舍前，在阶下止步。透过拱门，只见里面一幅悦人的景象。厅堂阔大而空旷，唯独墙角处有一张粗陋的木榻和一张竹制茶几。老袁坐在正中的鼓凳上，吹着一支长笛，珊瑚一身长裙飘飘，脚上套一双小巧的绣花鞋，正甩着长袖翩然起舞。后墙上开着一扇月洞门，门外一个小花园，怪石间植有几竿翠竹，清幽雅致。马荣乔泰

旧宅内珊瑚习歌舞

刚刚经历过一场恶斗，如今目睹这般静谧景象，真乃别有天地、非是人间，不禁看得入了迷。

马荣终于迈步走入厅堂，干咳一声。

老袁放下长笛，扬起双眉，上下打量一眼不速之客，随即起身相迎，拱手一揖，说话时语声低沉："二位意外造访，令小民父女不胜荣幸，不知有何见教？"

马荣连忙问道："令嫒蓝白可在这里？"

老袁若有所思瞥了马荣一眼，答道："不在，她出门已有两刻钟。二位请坐。"说罢抬手一指长榻，又转头说道："珊瑚，去厢房里取茶篮来。"

马荣一时竟不知该如何答对，揪一揪髭须，心想直说正事未免有些鲁莽，便随口敷衍道："我们兄弟遇到一群黑衣人，他们似是要出门寻衅滋事。你可曾听到什么消息？"

"没有。那些收尸人已成祸患。他们结成帮会，逼迫百姓出钱买他们假造的符箓，号称佩在身上就能百病不侵。上苍降下这场疫病，无疑表明已从皇室手中收回了天命，即将改朝换代，收尸人更使这情形雪上加霜。"老袁说罢耸耸肩头，又道，"若是果真如此，又将奈何？世上总有治人者与治于人者，治于人者终将落败！"

"阿弥陀佛！"乔泰念了一声，见马荣面色尴尬，心想不如自己主动开口，便接着又道，"我二人前来此处，是为我家寺卿捎个口信。如今他主管京畿事务，想要立时见袁先生一面，还有令嫒珊瑚小姐。”

老袁缓缓说道：“寺卿真要见我们父女?”此时珊瑚手提茶篮转回，将小茶几挪到马荣乔泰面前，斟出两杯茶水。马荣心想这姑娘着实生得妩媚，只是少了蓝白那一股凌厉冷傲之美。

“这二位官爷要带我们去京畿道节度使府。”老袁对珊瑚说道。

珊瑚以袖掩口，看去大为惊骇。

“我家寺卿只想问你们几事。”马荣连忙说道。

“那小猴怎么办?”珊瑚对父亲问道。

“它不会独自溜到外面去，从没在附近四处跑过，应是不敢离开这花园。蓝白一旦回来，自会照料它。我们走吧!”

四人走入廊道时，老袁抬手一挥，又道：“二位请看，这里以前曾是上好的宅院，可惜主家已搬去上城多年。后来有人入住，又说这宅院闹鬼，便纷纷离开了。”说罢耸一耸瘦削的双肩，“我自己从未撞见过鬼怪。大厅用来让珊瑚习舞，倒是最好不过，蓝白可在花园中练剑。”

众人出门走到街中，只见一队巡兵经过，个个全副武装，已开始四处搜寻收尸人。

十六

狄公坐在书案后方，正在签署陶干递上的一份文书，见马荣乔泰前来，搁笔说道：“胡本今早束手就擒，全无反抗之举。如今已是午后多时，你二人可曾找到老袁?”

马荣答道：“回寺卿，找到了。他和女儿珊瑚正等在外头的前厅内。蓝白离家出门，既然寺卿说过不必召她前来，我二人便没再等下去。出门之后，却发现附近的收尸人正在酝酿事端。那些泼皮无赖组成类似佛道的帮会，不但出售符箓，还四处散布各种消息，妖言惑众。”

狄公拍案怒道：“岂有此理！竟敢组成帮会、妖言惑众!”又强抑怒火，和缓说道：“我们必须立即着手，设法予以扑灭。以如今这般情势，此类组织将会迅速扩大，如同野火一般蔓延，难免因此而爆发叛乱。”

乔泰说道：“回寺卿，我二人在那里与他们交手了一二，发现他们在黑衣下藏有兵器，随即前去兵营关卡，命官兵去其他各处通风报信，如今已召集起所有的收尸人。我和马荣这就去巡兵大营里审问人犯。”

马荣又道："柳大夫也在当场。他似是与那些穷苦百姓关系密切，不过乱子刚一开始，他就不见了人影，因此说不准是否与那帮歹人也有勾结。"

"你们审问人犯时，务必查明此事。一旦审完，立即告知与我。先带老袁父女过来。"

狄公示意一下，乔泰陶干移过两张板凳，坐在书案旁。

"寺卿，袁先生与他女儿来了。"马荣大声禀道。

老袁双膝跪下，珊瑚也依样而行。

"你二人起来！"狄公命道。

老袁从地上站起，垂手肃立，神情漠然，目光机警地打量着狄公。珊瑚低下头去，两只纤手不停抚弄着腰带末梢，右耳上贴着一小片油膏布。狄公看在眼里，开口问道："你可是名叫珊瑚？"

珊瑚默默点头。

"通常说来，孪生子女常会有相似的名字。为何袁先生并未遵循这一旧俗？"

"回寺卿话，贱妻起初给她们起名叫做蓝宝石和红珊瑚。不料十三年前，有个名叫蓝宝石的女子从旧城一家妓院里神秘失踪。小民担心这名字会给女儿带来不幸，就改名为蓝白，正是蓝宝石的颜色。"

"明白了。"狄公说罢，从抽斗中取出耳环和红宝石，放在书案上，对珊瑚说道，"你是如何丢失这两样东西的？"

珊瑚抬头一看，红润的面颊立时变为惨白。

"好，你可先去前厅中等候。陶干，你带这姑娘过去。"

陶干引着珊瑚出门后，狄公缓捋长髯，对着老袁打量半日，终于说道："六年前，有个女奴被易龟龄鞭打致死，你与她有何关系？"

"正是小民的贱妻。"老袁镇定答道。

"她如何会成为女奴？"

"只因小民欠了胡老爷一笔钱，无法还清。"

狄公扬起两道浓眉："你是说胡本？"

"正是，寺卿。胡老爷曾雇用先父做府内管家，薪水微薄，袁家又人口众多。先父难耐穷困，从一个金匠那里偷了钱。胡老爷将这笔钱如数归还给失主，算是平息此事。为了报答主家的好意，先父答应加倍偿还，每月须支付一定的数额，当他付过第一笔钱之后，竟然一瞑不视，于是债务就落到了小民头上。小民为给先父办理丧事，没法按时还钱，胡老爷便下令让贱妻在府里为奴，用工钱来抵债。胡老爷一向待她不坏，不料有一次易侯爷拜访胡府，看见了贱妻，便提出将契约转到自己手里，贱妻从此便成为易家女奴。”

“当时你为何不提出异议？契约转手乃是非法之举。”狄公厉声说道。

“寺卿明鉴，小民怎能如此行事？”老袁惊问道，“胡老爷既是主家，也是恩人，当年难道不是他平息窃案，挽救了先父的名声？”

“易龟龄毒打你妻致死，手段残暴，你又为何不去告他？”

老袁嘲弄地说道：“小民只是一个管家之子，居然要去告发旧城中的易侯爷？所谓的法度公正，我等贫贱之人究竟能得到几分，寺卿高高在上，对此实在知之甚少。”

狄公冷冷说道：“本官倒是愿闻其详。虐害他人将会受到重责，不过若是无人告发罪犯，官府也就不能立案勘查。举国上下，所有官府门前都挂着一面铜锣，任何百姓都有权去鸣锣喊冤，非但有权，并且有责。袁先生，国家自有正义存焉，若是不算那些动荡离乱的年代，已有两千年之久。”

“小民生在旧城的穷街陋巷中，从未耳闻目睹过什么正义。”老袁阴郁说道。

“六年前，若是你向本官的前任上告此事，必会有所领悟。”狄公镇定说道，“如此一来，你就不必精心安排一出木偶戏，还让令嫒去行那等不堪之事，并且身临危境。”

狄公见老袁沉默不语，接着又道：“身为木偶艺人，你以为世人也会像木偶一样由你摆布。你深知胡本脾气暴烈、好色残忍，易龟龄则怀有变态的色欲，便设下计策，利用令嫒在二人之间挑起事端，致使胡本杀死易龟龄，或是易龟龄杀死胡本。无论发生何种情形，你就可以为妻子报仇雪恨，因为易龟龄终会丧命。为了达到这一目的，你甚至不惮于让自己年轻美丽的女儿在两个色魔面前裸身跳舞，更不必说还要冒着被其中一人当场强暴的风险。”

“回寺卿，珊瑚并不在意冒这些风险。她深爱自己的母亲，只要能为母亲报仇雪恨，甘愿不惜一切。她完全赞成我的计策，因为既能为母亲报仇，又不必让我或她公然冒犯旧主人。至于裸身跳舞，仍不失为一项精妙的才艺，只要当真是为了献艺，并不会令舞者自降身份，观者若是心生邪念，则错在己身，须是怪不得别人。”

“假如那二人中的一个想要在长廊里对她用强，又当如何？”

“回寺卿，五福酒店的掌柜每次都陪珊瑚同去。他是小民的至交，打得一手好鼓。”

“我见过他！”马荣怒道，“一个矮子加驼背！你居然托付他……”

老袁庄容说道：“马长官有所不知，那驼背掌柜使起飞刀来，是城里一等一的好手，且又英勇无畏。况且易侯爷一直深信珊瑚是个挂牌舞姬，驼背掌柜是皮条客。事实上，易侯爷曾与掌柜商议过数次，为了买下珊瑚而讨价还价，自以为一旦谈妥了身价，便可为所欲为。”

狄公问道：“你的大女儿蓝白可知此计？”

老袁骇然叫道：“哪里敢让她知道！小民一直对她道是母亲在易府帮佣时出了意外，跌入一口井中。若是蓝白得知实情，必会立即去找易侯爷寻仇，非得亲手掐死他不可！寺卿明鉴，她是个性情直爽的好姑娘，只是脾气暴烈，性子又很执拗。若是她下定决心要去做某事，即使我这亲生父亲也无法劝阻。珊瑚则完全不同，性情十分柔顺，就喜爱唱歌跳舞。”说到此处，无奈地摇一摇头，接着又道：“直到昨天晚上，事事都很顺利。珊瑚独自一人去了易府，不但没告诉我，还……”

“至于后来的情形，本官更想听珊瑚自行道出。陶干，你再去带她过来！”

珊瑚重又走到近前，玉立在地。狄公说道：“袁姑娘，你父亲只说了想要为你母亲复仇的计策，如今本官想听你亲口道出，昨晚究竟发生过何事。”

珊瑚胆怯地望了狄公一眼，柔声说道：“回寺卿话，昨日午时，我与孪生姐姐蓝白同去集市，想看看能否找些菜蔬。忽然，有人从身后拽住我的衣袖，我回头一看，竟是易侯爷，一时吓得要死，他却微微一笑，和气地说道：‘珊瑚，你一向可好？这位就是你的孪生姊妹蓝白？久闻侠女之名。我也知道令尊是何人，他曾在我的好友胡本家中做事，那时就见过了。’我想不出他如何会得知我的来历，一时竟无言以对，只是躬身下拜，我姐姐也行了个礼。寒暄几句之后，易侯爷道是想要与我单独说几句话，事关一桩家中旧事。我姐姐刚一走开，易侯爷立时变了脸色，骂我是贱人娼妇，说是一名仆人去府里时看见了我，认出是袁家的女儿，并向他道出此事，又恶狠狠地说我爹一向诡计多端，他要去告诉胡老爷，将我爹捉去折磨致死。我求他放过我们，最后他说道：‘且罢，我答应饶了你爹，条件就是你得为我再跳一次舞，今晚只能一个人来，你可听仔细了。’”

珊瑚说到此处，两颊晕红，抬头看着狄公，恭顺地说道：“我很明白易侯爷想要的不只是跳舞而已，不过，我愿意屈从于他，因为事关我爹的性命，于是答应一定会去。我对姐姐编造了一个故事，到了晚间，又告诉父亲要出门访友。我在约定的时间赶到易府，随身带着月琴，暗自希望能借着给他弹几支曲子而拖延些工夫。易侯爷亲自开门让我进去，看去又是兴致大好，带我去了长廊内的梳妆室，一路上不停地说些闲话。我提议先为他唱个曲子，他却不想听，还笑着说让我不必害怕，只想最后看我跳一次舞，如此而已。

“我脱去身上的衣物，走到长廊内。易侯爷坐在桌旁的太师椅中。我见他已将长榻从墙边挪到了平台中间，显然是想让我在榻上起舞，一心要再戏弄胡老爷一回，因为胡老爷会从自家阳台上看到我。果然易侯爷抬手指向长榻。

“我站在榻上，却不知该如何开场，只因没有鼓声伴奏。易侯爷吃着桌上的姜片，任由我呆立许久，真是好不难堪。忽听他笑道：‘你且过来，也尝尝这姜片，味道好得很哩。’

“我刚刚走到桌旁，他突然一跃而起，伸出左手揪住我的头发，用力很大，居然扯掉了我的一只耳环，又取出藏在身后的鞭子，满口污言秽语地大骂起来，高声叫着以前曾在这张榻上打死了我娘，如今也要同样取我的性命，随即松开左手，挥鞭抽打我的前胸。我退后几步，倒在榻上，吓得用两手捂住脸面。忽然，易侯爷停止了叫骂，我从手指缝中看见他半转过身望着窗户，竹帘上显出一个硕大的黑影。

遇恶魔珊瑚夜惊魂

“我连忙从榻上站起，护住上身，奔进梳妆室内，抓起衣服和月琴，逃命一般地跑下台阶，在过道里匆匆套上衣裙，然后急忙穿过庭院，不曾遇见一人。我从那扇小门出去，回手一拉，门扇便自动关合。”

珊瑚深深吁了一口气，马荣递过一杯茶水，却见她摇摇头，接着叙道：“我茫茫然走在街中，四周空无一人，试图回想究竟发生了何事。一定是胡老爷又窥望易府，看见我一丝不挂站在榻上，一时心中火起，于是跳入运河游了过来，再爬上窗台。不过，易侯爷必已对他说出我的身世来历，二人应是停止争斗，共同商议出一条毒计，为的是让我们父女万劫不复。我重又惊恐起来，想要唱个小曲定定神，不料遇到两个图谋不轨的收尸人，后来又是那个大夫……这一晚真是倒霉透顶。”

珊瑚眼中泪水盈盈，抬手一把揩去，接着说道：“回去一看，幸好姐姐不在家。爹爹并没责怪我，只说我们须得立即离开此地，以躲避胡老爷和易侯爷的报复。后来听说易侯爷被人杀死……”说着语声渐低，羞怯地望了狄公一眼。

狄公靠坐在椅背上，缓捋颏须，说道：“有劳袁姑娘，这一番遭遇着实可怖。不过你很有勇气，又正值青春年少，人在年少时易于忘却，而年长后就不再有此特权，实属不幸之事。”又转头对老袁和蔼说道：“为何你要将妻子遭人虐杀的惨状做成木偶戏?”

“回寺卿，只为让我心中的深仇大恨永不平息。”老袁应声答道，随即顾视别处，面上的皱纹陡然加深，再度开口时，措辞颇为艰难，“关于某些事情，小民不时怀有……怀有疑虑。想想易侯爷土生土长在旧城中，耳濡目染的全是陈旧观念，其先祖曾经手握权柄、统摄一方，抚今追昔，难免怅惘失意……”说罢望向狄公，歉然又道，“恐怕是我的木偶人让我生出了这些古怪念头。在酒店里遇见马长官时，我已重又虑及此事，忽觉必须再度审视那……那桩惨事，必须与人议论一番。”摇一摇头，语声复又转为坚定，“小民的计谋终是大功告成。胡老爷和易侯爷必是起了一场争执，过后胡老爷取了易侯爷的性命，听说寺卿已派人拘捕了他，小民也将为自己的所作所为承担后果，绝无异议。”

狄公定睛注视老袁憔悴的面容，半晌过后，忽然对珊瑚问道：“袁姑娘，你为易龟龄跳舞，他可曾付过你银钱?”

“没有，寺卿。他几次想给，但是驼背王掌柜总说最后再一并结算。”

“既然如此，袁先生就全无罪过，令嫒也是一样。你想要私刑复仇，自然是大错特错，不过依今之势，想要定你的罪也是难上加难。再者说来，易胡二人除了为令嫒争风吃醋，谁知会不会另有结怨的根由？至于令嫒，律法从未禁止女子免费献艺，即使是裸身跳舞。袁姑娘，将这首饰拿去，这红宝石正与你的名字相符！”

老袁开口欲言，狄公却抬手示意一下，肃然说道：“易龟龄虽是昔年战乱时的可鄙余孽，不过为了公正起见，仍要追查杀人凶手，虽说他为世间除去了一个恶魔，但是除非能证明自己一时冲动而杀死易龟龄，否则也将被明正典刑。若是世人皆可动用私刑，律法便会失去效力，导致人人自危。本官已下令捉拿胡本，只因他企图强暴你的女儿蓝白——”

“胡老爷想要强暴蓝白？”老袁惊叫一声，“什么时候——”

“你最好自己去问她。”

“这丫头有事从不告诉我！”

“无论如何，企图强奸也是一桩重罪，胡本将会命丧法场。回去将此话告诉蓝白，让她放下心来。你们可以走了。”

老袁与珊瑚双双跪下，正要开口致谢，狄公却命他们起来，又道：“袁先生若是想助本官一臂之力，就请在旧城中告诉众人，无论为官为民，是富是贫，世人皆可获得公道，并无分别。如今虽情势非常，每天都有上百人死于疫病，但是凡有一人被害丧命，官府仍会查案并为之雪冤。再会了！”

马荣送老袁父女出去，转回后咧嘴笑道：“寺卿是如何发现真相的？”

狄公朝椅背上一靠，说道：“你在酒店里遇见老袁的前后情形，表明他曾对那被鞭打致死的女奴用情很深，以至于非得将此情景示人，并与人议论这一惨事不可——即使是如你这般的素不相识者。如果他事先知道你是一名武官，情形则可能大不相同，我会以为他与此事并无干系，但是曾经听说过，想让易龟龄罪有应得，于是做出这木偶戏来，希望能有机会让官府得知，从而对这桩旧案产生兴趣。一个平民百姓采取如此迂回之法，自是大合情理。

“其次，我发觉易家女仆桂花曾得胡本青睐，便想到她的证词有可能半真半假，刻意要将我们引入歧途。她看见易龟龄横尸长廊后，显然四处搜寻过有关凶手的痕迹，以为定是一个身强力壮的男子所为，瞧见窗台上有水渍，便立时疑心是胡本从外面跳入长廊做下此案，于是将窗台擦拭干净，匆忙之中，却漏掉了柱子背后那块沾有血迹的白布。她记得自己的儿子见过珊瑚与其同伴，为了将杀人嫌疑从胡本身上引开，对其子道出侯爷丧命一事时，暗示来过的男子可能便是凶手，但是其子说那人身量矮小，她又说服其子，道是黑暗之中看不分明，那人实则人高马大，正如其他皮条客一样，等官府衙役前来问话时，须得如此描述。但是其子所谓在暗处看不清的说辞听去并不可信，况且又害怕为自己心中倾慕的姑娘惹来麻烦，正是因此，听我问起那姑娘与其同伴时，他看去十分紧张。胡本说那皮条客是个驼背老者，本应让我立即醒悟过来。

“不过在此之后，我将许多看似毫无关联甚至抵牾不合之事联系起来，忽然发觉事事都合了榫。那位活像蜥蜴的方某人证实红玉假充舞姬，并显然故意挑拨胡易二人争风吃醋。老袁有个女儿名叫珊瑚，擅长唱曲——我曾亲耳听见她在下面街中唱过——易家看门人也曾为红玉的歌声而如痴如醉，而红玉与珊瑚本是类似的宝石。人们常会选择与真名相似的假名：据我猜想，此乃一种神秘的本能恐惧，生怕用一个完全不同的名字，便会失去原有的身份。于是我断定被打死的女奴必是老袁的至亲，他身为木偶艺人，打算要私刑复仇，并利用珊瑚作为主角，疫病引起的危情正是实施这一计策的绝好时候，因为易龟龄已将家仆几乎全都遣走，城内的妓女也不愿前去府内。老袁正是错在想要自行编排一出戏文。”狄公说着惨然一笑，接着又道，“我本不该责备他！我自己有时明明也犯过同样的过失！且罢，再倒一杯茶来，梅府举丧的时辰已近，须得更衣前往。”

马荣说道：“若是寺卿许可，我想与乔大哥同去巡兵大营。问问召集收尸人一事进展如何。”

“你们只管去办，先到楼下公廨里走一趟，让他们传话给方某人，撤销关于拘捕红玉及其同伴的指令，不然老袁与珊瑚就会遭到各处妓院帮凶的追击，那些人都急于得到赏金！陶干，你随我同去梅府。”

十七

“据我看来，梅夫人身为家中女主，举止极为得体。无论以前是否沦落风尘，须得说气度高贵。”陶干谨慎地说道。

狄公并未答言。此时天色已晚，二人坐在梅府西厢的平台边，这平台高出花园两尺左右，正宜凭栏赏景。园内几条小径蜿蜒交错，两旁花树夹道，一直延伸至青苔密布的后墙。墙外是旧城的屋顶与塔楼，在铅灰的天幕中映出黑色剪影。

二人身后便是前厅，从里面传来嗡嗡的吟诵声。一众僧人坐在高大的灵柩前，正敲着木鱼为死者念经超度。梅亮的堂兄弟已接待了几名吊客，多是梅亮捐助的慈济会所里的头面人物，还有几位名流士绅。梅夫人端立于后方，一身白色丧服，愈发显得身材颀长窈窕。高高的房梁上悬着一块巨幅素幛，用大字写有赞颂死者品德言行之语。灵柩前摆着香案，案上一只硕大的铜香炉，狄公已添了一撮香灰进去，算是对逝者致以最后的敬意。那天竺熏香的气味太过浓烈，狄公只觉隐隐头痛，过不多久，便带着陶干走到花园平台上。此处虽与厅内一样闷塞，好在清静无人，令人顿觉心神一爽。

狄公忽然开口说道：“就在二十天前，我与梅亮曾在此处饮茶，想来好生古怪。他说这花园的布局，乃是他亲自设计而成，真是一个多才多艺之人。那几丛修竹种得极具匠心，与后面长满绿苔的石头相得益彰！”又抬头望着几棵杏树，只见树上正盛开雪白的杏花，散发出一股清香，不禁说道：“陶干，死亡之城里开满鲜花，看去颇不相宜。”说罢长叹一声，手捋长髯：“你方才提起梅夫人，不错，她确是一个出众的女子，不知如今有何打算。我曾提议她关闭此宅，搬到山间别墅去。”

“寺卿，我想梅夫人已打算迁去外乡。那堂兄弟带来了几名女仆，她们正在整理梅夫人的私物。”

“梅亮在几乎每座都市大埠中都置有宅院，梅夫人自然可以随意选择。”狄公思忖片刻，又道，“我本打算几时去瞧瞧梅亮出事的地方，既然已到此处，不妨这便去看，更何况梅夫人预备要离开京城。大多数吊客即将告辞，并且……”忽然住口不语，按住陶干的手臂，屏息说道，“你看！”随即抬手一指。

只见几朵白色的杏花从枝头飘下，缓缓落在汉白玉栏杆上。

狄公站起身来，伸手试探一下："确实略有一丝微风！"

陶干眯起两眼打量空中："一点不错，寺卿！那边的乌云看似挪动了一点点！"

"老天保佑变天在即！我们这就去寻管家。"

二人走入室内。仍有几位吊客站在庭院前方，三五成群低声交谈。管家正在门口逡巡，狄公径直上前，命他带路去东厢大厅。

老管家引着二人穿过一条长长的廊道，行至厅堂中。这厅堂极其宏大，正中一道宽阔的汉白玉石阶，直通二楼长廊，旁边的朱漆栏杆上镶有精美的槅扇。更高处有一拱顶，上方横贯两根粗重的横梁，梁下悬着一盏硕大的红灯笼，将整个厅堂照得通明。台阶的样式甚为古朴，看去十分陡峭，旁边的扶栏只有二尺来高，每隔一段距离，便竖有一根高柱，柱头雕刻成菡萏花蕾状。两侧的粉白墙壁上悬着大幅丝绸壁挂，绣有神话传说图样，另一侧开了一扇月洞门，槅扇上蒙有雪白的薄绸，门旁立一张乌木雕花高几，上面摆着一只花瓶。

管家指着左边阶脚处的柱头，悄声说道："回寺卿，我家老爷当时就躺在此处。"

狄公点点头，抬头打量石阶，说道："看去着实陡峭。想来梅先生的书房就在楼上？"

"正是，寺卿。书房在右手边正对楼梯处，是廊上最大的一间。其他屋子都要小些，主要用来存储家什器物。"

狄公饶有兴致地伸头打量着大红灯笼，只见两侧各写着"福""禄"二字，不禁好奇地问道："你们如何点亮那灯笼？"

"回寺卿，简单得很！每晚戌初时分，我上楼走到廊内，用一根带钩的长竿将灯笼拽下来，去掉燃尽的蜡烛头，另换上几支，全是庙里用的粗大佛烛，可一直燃到午夜前后。"

陶干伸出枯瘦的手指，摩挲了半日阶脚处的柱头尖端，说道："即使梅先生不曾将头撞在这里，单是摔下来也足以丧生。从如此高处滚下，头撞在台阶边缘，或是碰在这石板地上，都会有性命之虞。"

狄公点点头，瞥了一眼悬在月洞门上方的木匾，只见刻有"雅逸园"三个大字，不禁赞道："好个书法。"

"那是先夫的手迹。"说话者柔声细气，正是梅夫人。柳大夫站在一旁，对狄公躬身一揖。

"夫人，这台阶十分陡峭，扶栏又过于低矮，若是有人失足滑倒，实在不易抓住。"

柳大夫说道:“回寺卿，即使扶栏再高些，怕也救不了梅先生的性命。他在跌倒前定是突然中风，很可能头颅撞上柱头之前便已断了气。”

狄公转而对梅夫人说道:“夫人，我们可否去一趟梅先生的书房？本官很想看看他读书写字的地方。”

此话虽说得客气，陶干却发觉狄公眼中闪过一丝冷峻，不禁猜测寺卿方才究竟是听到或看到了何事，忽然警觉起来。

“自然可以，寺卿!”梅夫人口中说着，对管家示意一下。

管家引路顺阶而上，走入长廊时，对狄公提醒道:“寺卿当心！那边地上仍有些蜡迹，是我家老爷掉在地上的蜡烛留下的。”随即胆怯地瞥了一眼跟在后面的梅夫人，又道:“小人本应亲自擦拭干净，奈何发了病……”说罢摇一摇头，推开双扇门，引着狄公与陶干走入一间大房。

书房里十分幽暗，借着厅堂内大红灯笼发出的亮光，狄公模糊看见左右两旁皆是光亮的乌木古董书架，后墙处立着一张乌木长榻，榻上铺有厚密的苇席，还有一只白丝枕头，上方悬着一幅硕大的卷轴，画有天宫仙苑，纸面已年久发黑。

地面上铺着深蓝绒毯，一张乌木雕花书案摆在正中央。狄公走到近前，坐在宽大的圈椅中，对面便是房门，左手边有一盏高高的落地灯台，上方是梨形白纱灯，又见案上摆着一本翻开的书册，拿起一瞧，却发觉从门口透入的光亮不足以看清字句，便对管家说道：“将这灯台点亮。”

老管家掏出火镰，点亮纱灯。狄公翻看了一回，放下书册，见梅夫人与柳大夫仍立在门旁，说道：“夫人，梅先生热心公事，此乃又一明证。这是他生前读过的最末一本，却是关于如何对付疫病的医书，真是一位仁人君子！”

狄公俯下身去，仔细打量案上陈设的所有器物。小小的石砚呈长圆形，厚约一寸，边缘处刻有细小的梅花图样，狄公拿起赏鉴，又轻抚表面，发觉十分洁净，称赞了一句品质上佳，再看旁边雪白崭新的毛笔、翡翠镇纸与白瓷水盂。虽然似是随意之举，陶干却看出狄公实则在搜寻什么东西，于是反剪两手，从后方紧盯着狄公的一举一动，却仍是没能猜出其中缘故。

狄公终于站起身来，最后环视一眼室内，满意地说道：“此处的一器一物，无不流露出古风雅韵。”陶干对狄公已是知之颇深，从其态度观之，显然在书房中遍寻无果。

众人走下汉白玉石阶，重又站在大厅内，梅夫人说道：“寺卿，堂兄弟正等在前面，茶点也已备好。还请寺卿能许我告退，小妇人……”

狄公似是听而不闻，指着月洞门，对管家问道：“那边的房子作何用处？”

“回寺卿，那是府内最好的客房，却很少有人住过，只为我家老爷的至交好友而预备，地方虽不甚大，却十分僻静，有一扇门通向旁边的花园，园内另有一扇小门，出去便是外面街中，因此客人可随意来去。”

“带本官去看看。”狄公断然命道。

梅夫人劝阻道：“那里十分凌乱，寺卿！这一阵子从没用过，家中侍女……”

狄公已走到月洞门前，推开槅扇，立在门口，手笼袖中朝四下打量。只见左手边一副硕大的乌木雕花床架，高高的架顶接近屋梁，蓝缎帐幔直垂到汉白玉地面，一旁立着衣架，另一旁是面盆架，上有一只黄铜盆，对面靠墙处一张梳妆台，旁边一扇小门。狄公径直走上前去，陶干紧随其后。

梳妆台上摆着一面光亮的圆形银镜，立在黑漆镜架上，狄公匆匆看过后，却对一排小巧的瓷盒来了兴致，一一打开盒盖，查看里面的香粉与各色胭脂，似是全然忘却了梅夫人与柳大夫，那二人正站在床边，茫然注视着狄公的一举一动。狄公又着意打量镜旁的一套描眉之物：一方硕大的四方形砚台，足有五寸见方，厚逾两寸，一支细细的眉笔，一块墨条放在小巧的木头支架上，还有一只银水盂，用来在磨墨之前添水。那砚台表面有一层干凝的墨汁，笔尖上也沾有黑色。

狄公转身走到床边，掀开蓝帐，只见床席上蒙着一幅起皱的白绸，一只大红织锦枕头被推到角落处，隐隐有一股陈腐的脂粉气味。

梅夫人对站在门外的管家示意一下，恼怒说道："叫丫鬟把这屋子立即打扫干净，并开门通风！"

管家急忙走入房内。"遵命，夫人！莫非哪里不对，寺卿？"说罢惊讶地看着狄公。

狄公正欲合起床帷，忽而停手不动，僵立在地，两眼盯着地面，随后弯腰揭起帐幔的左边接缝处，细看厚重的狮爪形床腿一侧的石板地，又直起身子，对陶干说道："你看地上那些灰色污斑！"

陶干蹲身下去，濡湿了食指指尖，揩擦一下斑点，立起说道："寺卿，那是墨汁留下的旧印，虽然已被擦去，但是渗入了石头里面，应用沙子研磨，才能完全不留痕迹。"

客房里狄公查命案

狄公手中仍提着帐幔的接缝处，此时拉到眼前细瞧，又翻转过来，缓缓点头，指给陶干看背面的一块黑褐色污斑。

狄公松手放下帐幔，两眼直盯着梅夫人，冷冷说道："夫人，梅先生死于这间房中，被人谋害了性命。"

梅夫人的面色陡然变为惨白，退后几步，朝柳大夫靠去。柳大夫呆立在地，如同泥塑木雕一般。

"梅先生确是遭人谋害，被梳妆台上的厚重砚台击倒，碎裂的头颅就落在这床腿旁，石板地上沾染了鲜血和黑墨，因为那砚台在充作凶器之前，里面刚刚研过墨汁。污迹虽被擦去，不过墨汁却留下了印子，床帷的接缝处也溅上了血污，只因落在背面，所以不曾被人发现。"狄公说罢，转头对柳大夫又道，"这顺便也可解释为何死者面颊上沾有几点墨汁。"

梅夫人默无一语，双目圆睁直盯着狄公，似是无法置信。柳大夫紧张地开口说道："寺卿方才所言之事，小民至少可以想出十来种其他理由！寺卿一向以断案如神而著称，不当以如此薄弱无力的证据来贸然作结，令梅夫人心烦意乱吧？"

狄公轻蔑地瞥了柳大夫一眼，镇静说道："本官自然不会草率行事。在此处发现的几事，只不过是二手证据，要紧的是关于梅先生死于何时，你与梅夫人都对本官说了谎话。你曾声称大约亥正时分，梅夫人在大厅阶脚下发现了梅先生的尸身，这便意味着他是在亥正之前跌下楼梯，若是如此，他离开书房下楼时，为何手中要举着一根燃着的蜡烛？那时大厅与长廊皆被大红灯笼照得通明，直到午夜，灯火才会熄灭。”眼见梅夫人与柳大夫听得目瞪口呆，于是交叠双臂，开口命道：“梅夫人，柳大夫，本官将拘捕你二人，罪名是谋害梅亮。陶干，叫那几名抬轿的兵士过来！”

十八

晚衙开堂前两刻钟，陶干助狄公在前厅内换过官服，又递上乌纱帽，说道："寺卿，我对那柳大夫从无好感。"

"所见略同。"狄公淡淡说罢，在冠镜前小心地整整乌纱帽。这冠镜形制特别，嵌在收藏乌纱帽的黑漆匣中。

"寺卿去梅先生的书房，可是为了寻找凶器?"

狄公转头说道："我去书房，首先是为了证实梅亮在出事前曾提笔写过东西，那面颊上的几点墨汁总令我放心不下，你曾说过可能是他用砚台磨墨时偶然溅到面上的。但我发现他只看过书，砚台和毛笔都十分干净，于是明白他的头定是被另一方砚台砸破，不但又大又重，而且就在当作凶器前不久还派过用场，因此里面仍有墨汁，结果终于在楼下客房里寻到了凶器。"说罢朝窗外望去，面露忧色，"天气到底还是未变。"

"寺卿是何时开始怀疑梅先生被人谋害的?"陶干急急问道。

狄公交叠双臂："之前我只是隐隐觉得哪里不对，直到听管家说厅堂里的灯笼会一直燃到午夜方熄，才确定其中有诈。陶干，若是真出了意外，不大会像此事这般可以完完全全地倒推出来。想想掉在台阶上方的蜡烛，落在半路的鞋子，柱头上的血迹，还有靠近柱子的死者头颅！这一切未免太过细密了，反而似是刻意为之，一步一步布下此局，让人以为是如此这般发生的意外。还有，梅夫人出身娼门，梅先生的年纪比她大了一倍，自然会令人想起熟悉的套路：老夫少妻还有情郎。我并未怀疑梅夫人，是由于对梅亮的品格才智十分赞赏，以为如他那般之人，定会择一贤妻，可惜竟是大错特错了。”

“楼下的客房，果然是男女秘密幽会的好去处。”

“正是因此，听管家说房内有一扇门通向花园和外面街中，我便提出前去一看，果然找到了所有想要的线索。梅夫人亲口道是客房已有大半个月未曾住人，但是明明不久前有一女子动过梳妆台，白瓷妆盒的盖子上仍留有指印，画眉之物也被用过。有人曾在床上就寝，地板和床帷上的污迹更是杀人的铁证。那天午夜或更晚时候，梅亮惊醒了一对情人，其中一人抓起沉重的砚台砸在梅亮头上，使他当场丧命，另一人则从旁相助，过后将尸体挪到阶脚处。当时大厅内一片漆黑，故此二人才会犯下错误，伪装成梅亮手持一根蜡烛。”

狄公略停片刻，敏锐地瞥了陶干一眼，接着又道："想要制造一起过于天衣无缝的命案，是许多凶手都会犯下的错误。他们试图加上一些多余的细节，引得勘案者误入歧途，却没想到正是因此而露出破绽。在此案中，蜡烛、便鞋与柱头的血迹皆是多余。你我站在大厅内时，你曾说过对于梅亮那样的老者而言，从如此陡峭的台阶上跌下便足以丧命，说得一点不错。任何人看见他躺在阶脚处且头颅碎裂，都会以为是意外身亡。正是多余的细节弄巧成拙，使得凶手自我暴露。"说罢若有所思地点点头，接着又道："柳大夫犯了两次错误。第二次是当易夫人自尽后，我与他同在易府，询问梅夫人是否曾做过歌伎。方某人已经说过确有此事，我之所以问柳大夫，只是为了套出他的话来，结果证实他与梅夫人果然交情不浅。我当时仅是隐约觉得梅亮一事有些不对，柳大夫大可只答复说对梅夫人的身世一无所知——若是如此，便会令我毫无进境。然而他断然否认梅夫人曾做过歌伎，还编造说她出身显赫，不顾父亲反对而嫁给梅亮云云，纯属无稽之谈。我由此得知柳大夫深知梅夫人的底细，他平白多说了一通谎话，分明是想要保护梅夫人不会因为出身歌伎而被人怀疑犯下通奸之罪。正是他的谎话，坐实了我尚且模糊的疑问，并从此开始……"忽然住口不语，转头望去。

只见门扇忽然开启，马荣急急奔入："启禀寺卿，蓝白正在楼下的公廨里，说是有话非得对寺卿讲不可。"

狄公迅速一瞥，见马荣面色激动，便徐徐说道："我也很想与她谋面，只可惜如今没有工夫，立时便要升堂理事，不能耽搁，乔泰正在那边等候。"

"她说有十分要紧的事，寺卿！"

"那就叫她暂等一时。走吧！"

狄公降阶而下，马荣陶干跟在后面。经过底层的公廨时，马荣溜了进去。

众人在门楼前正要坐上肩舆时，马荣追赶过来，沮丧说道："寺卿，我叫她先等着。她看去很是气恼，不肯告诉我究竟有何要事。"

"这姑娘极有主见。"狄公说着迈步登上，待肩舆起动后，又道，"马荣，那些收尸人后来如何？"

马荣抬手一拍前额，恼怒地自语道："全被我忘在脑后了！回寺卿，事事顺利。官兵捉住了大约六十人，后来查明只有两个罪魁祸首，一个曾做过强盗头子，另一个则是还俗的道士。他们曾打算纠集众人发动一场暴乱，打着信教与对抗官府的旗号，意欲占领旧城、肆意劫掠，然后带着抢来的财物远走高飞。这二人今晚就会人头落地，其他人则被我们狠狠训斥了一顿，管保他们会铭记在心，然后便统统打发回去了。须得说柳大夫对此事全不知情，着实让我觉得可惜。寺卿不妨猜猜，他为何要与那些无赖时常混在一起？只是为了让收尸人一旦发现显出异状的死尸，便可立时告知与他！我实在搞不懂这厮的心思！”

“就在半个时辰前，我已派人将柳大夫拿下。”狄公说罢，对马荣讲述了一番在梅府的见闻，随后抬眼望天，面色焦灼，摇头说道，“乌云看去比先前动得更快了些，湿气也比午时更重。我仍未放弃希望，但愿终会降雨。”

肩舆停在京畿军营的高大正门前，三人走下地来。由于京城中实行军管，审案全都移至此处，而并非是在京畿衙门或大理寺。几名守卒手持兵器，一名浑身戎装的百长引着狄公行至花厅，乔泰上前相迎。

乔泰请狄公坐在一张简朴的茶几旁，又引见过那名百长，此人将负责公堂审案。狄公一边饮茶，一边听百长详禀议程，听去与地方官府大致相同，只是大为简略。将近子初时分，马荣乔泰引着狄公与陶干走入大堂。

依照军营的规矩，大堂内点起许多火把。后墙处立着一排长戟短矛，前方有一高台，上面摆着一张案桌，桌上铺有红布。十来名兵士立于左右，手中刀剑出鞘。墙角处有一张小桌，桌上放着空白文卷与笔墨等物，两名充作书办的勤务兵对面而坐，等待记录审案过程。

乔泰引着狄公走上高台，搬出案桌后的高背扶手椅。狄公上前坐下，马荣乔泰分立左右，陶干坐在案桌一侧的矮凳上。

乔泰冲那百长喝令一声，百长走到案桌前行了个礼，说道："启禀寺卿，一切就绪！"

狄公拿起惊堂木。"本官临危受命，代理京畿道节度使一职，如今开堂。"说罢一拍案桌，"今日审理大商人梅亮被害一案。首先传人犯柳大夫上堂。百长，带他上来！"

百长传令下去，两名兵士从左边的拱门大步出去。

狄公看看面前的空白格目，全是专为眼前的危急情势而备，每一页上已预先盖过当朝宰相的大红印章，且标有数目。通常来说，每一桩死刑都须上报朝廷，由圣上亲自核准后方可最终定案。然而如今情势非常，允许当即判决。

两名兵士引着柳大夫走到案桌前，柳大夫双膝跪下。狄公说道："柳大夫，你做过两次伪证，先是说梅亮死于晚间亥正前后，后是说梅夫人并未做过歌伎，且出身于世家大族。你明知这些皆是假话，为何要如此行事？如今控告你与梅亮被害一案有所牵涉，劝你道出实情。"

柳大夫抬起头来，面色惨白，说话时却依然语声平稳："小民与梅先生被害绝无牵涉，不过对于说谎一事供

柳大夫上堂受讯问

认不讳。小民一时糊涂，轻信了梅夫人编造的假话，虽然深知她曾沦落风尘，却相信其人秉性诚挚，深爱其夫，还——”

狄公一拍惊堂木：“本官想听你依次道来。你说过在出事的当晚，曾与梅亮共用晚膳，梅夫人亲自出来侍奉，接着往下说！”

“回寺卿，小民向梅先生道别后，确实去了管家房中。给他开了一服药，不过认为并无大碍，过后便回家去了。”

“如此说来，你所说的听见梅夫人在东厢尖叫一声、自己奔去云云，全是扯谎了？”

“正是，寺卿。小民在此诚心领罪。次日一大早，小民要去看另一个病人，路过梅府时，只想看看老管家可否好转，明知府里只剩下他一名家仆，难免放心不下。梅夫人亲自出来开门，对我道是管家一切安好，午时便可下床走动，不过她看似十分沮丧，带我走入一间厢房内，道出了一件惊人之事。

“她说入夜之前，亲眼看着梅先生上楼去了书斋，便打算在楼下的客房内自行就寝，只因担心梅先生的身体，想要守在左近，以备他万一需要什么东西时好去照应。午夜过后不久，她从梦中醒来，却见梅先生就在房内，道是无法入睡，只觉身上不适。梅夫人正想起床为他沏一杯茶，梅先生突然抓住自己的喉头，拼命喘息。梅夫人来不及上前扶住，梅先生已跌倒在地，头撞在一条雕花床腿的棱角处。她赶紧上前一看，发现人已经断气了。”

柳大夫略停片刻，抬头望着狄公，急急又道：“寺卿明鉴，小民果然相信了她的话。小民深知梅先生心力衰弱，近来又忙于公事，劳累过度。不料梅夫人接着说如果道出实情，生怕众人会生出流言蜚语，由于他们夫妇从不用那客房，心思歹毒之人便会私下里议论定是梅先生撞破了梅夫人的幽会，结果被那奸夫打倒在地。我心想这未免太过牵强附会，提出要看一看死者，梅夫人却说她已将尸身挪到大厅的阶脚下，问我能否帮她一个忙，告诉仵作梅先生用过晚饭后跌下了楼梯，事后她当即唤我前来。我心中犹豫，奈何她……寺卿明鉴，她巧舌如簧，很能使人信服，到底将我推出门去，还说：‘这就去叫仵作，若是拖延太久，会令他生疑的！’”

柳大夫用衣袖揩揩面上的湿汗，大堂内虽然轩敞，却仍是溽热逼人。只听他接着叙道：“小民这就说最为痛心疾首的一节。先要申明一事，道出此节后，我心知将会被控告隐瞒重要证据，但是必得说出实情。我见到仵作，道是昨晚曾想要找他，此话万无一失，因为我深知他每晚必去焚尸厂。我引着仵作及其帮手走入梅府大厅，一看之下，不禁吓了一大跳。梅先生的头骨碎裂，定是被人从正面狠狠一击，而绝非是撞在床腿上所致。不过，事故现场布置得很仔细，我疑心必是另有同谋，柱头上还沾有血迹！仵作验尸时，我越想越恼，如今才明白梅夫人所谓的众人会传言说梅先生撞破了她与人幽会，其中确有实事，只是稍稍润色了一下而已！我明知自己已陷入困境：梅夫人将我变成了她的同谋！唯一洗脱的法子，便是当即对仵作道出真相，坦承我一时愚蠢，并告发梅夫人，但是……”说到此处，忽然住口不语。

“为何你当时不曾道出实情?”狄公问道。

柳大夫犹疑片刻，干咳几声，方才踌躇说道：“回寺卿，仵作正在验尸时，梅夫人叫我过去，我们……我们在厢房里说了一阵子话。她跪在地上，求我救她一命。梅先生果然撞破了她与奸夫幽会，争吵起来，那奸夫便动了手，本想将梅先生打昏然后逃走，结果发现人已断气。二人吓得心慌意乱，商议了大半日，决定伪装成意外身亡。她还对我说没人会怀疑梅先生从楼梯上跌落，并且……”

“她的奸夫是何人?”

“回寺卿，她不肯告诉我。我——”柳大夫突然一跃而起，抬手一拍前额，出声叫道，“天呐！我真是愚不可及！她自然会一口咬定那人就是我!”说罢复又跪倒在地，

“寺卿千万不要相信那女人！求寺卿莫要信她！那淫妇十分狡猾，还——”

狄公抬手示意，冷冷说道：“柳大夫实在聪明过人！本官从不怀疑这一点。百长，让勤务兵读出此人的供述。”

那二人大声念出各自的笔录，如同吟唱一般，偶尔停下片刻，订正略有不同的细处。过后百长将文书递到柳大夫面前，让他按下指印。柳大夫还想开口说话，狄公却抬手示意，两名兵士揪住柳大夫的胳膊，将他拖出门去。

“真是个卑鄙小人！”乔泰对马荣低声说道，“一心想把罪过都推到那女人头上，在大牢里忍耐一时便可脱身。”

狄公一拍惊堂木，命道：“百长，带人犯梅氏上堂。”

两名兵士立时转回，同来的还有一名老妪，身穿黑衣，正是主管女犯的牢头。只听她开口说道：“启禀寺卿，犯人梅氏已患病在身，呕吐过几次，正在发烧。小人提议给她叫个大夫来，再申请推迟受审，她却不肯听从，执意要按时上堂回话。不知寺卿意下如何？”

狄公恼怒地揪一揪胡须，思忖片刻，说道：“如今只需人犯做简短供述，你去带她前来，不过告诉件作一声，审过后立即为她诊病。”

梅夫人缓缓走上公堂，仍是一身白衣，看去愈发纤弱，女牢头想要上前搀扶，却被她断然回绝。狄公看在眼里，不禁面露忧色，见梅夫人正欲跪下，连忙说道：“人犯可以站着回话，本官……”

“我杀了自己的丈夫。”梅夫人插言说道，语声嘶哑而古怪，双目灼灼直盯着狄公，“是我杀死了他，因为我不能再忍受那老朽无济于事的关怀。我当年嫁给他，只因……”说到此处语声渐低，抬头漫视上方，两只耳环上镶嵌的蓝宝石在火把的照耀下闪闪发亮，“我嫁给他，是因为生活亏欠我太多。十五岁时，我被卖入旧城的妓院，被人打骂凌辱，受尽了折磨，真是……”不禁抬手捂住脸面。

梅夫人再度开口时，声音稍稍恢复了几分圆润：“后来，我遇到一个爱我之人，过了一阵快活日子，但我发觉这情爱仍不足以弥补那笔债务，除了爱意，我还想要更多，于是嫁给了梅亮，从此应有尽有……唯独缺少情爱。我有过相好，有过很多相好，大都是蠢笨之徒，令我陷入愈发可悲的境地，至于其他人……或是心怀贪婪的色欲，让我觉得横遭玷污，或是厚颜无耻地索要钱财，让我觉得有失身份。我丈夫发现了这些秽事，他的怜悯让我更觉屈辱，甚至比妓院里最暴虐的毒打更加不堪忍受。杀死他之后，我不得不乞求那下作的柳大夫，不得不答应他那些卑污的要求……我总是想要很多，得到的愈多，失去的便更多。如今才算是完全明白，已经太迟了。”

梅夫人猛咳一阵，浑身颤抖，又断续说道：“我已彻底厌倦了这一切，彻底厌倦……厌倦……”说着脚底打晃，对狄公凄然望了一眼，昏倒在石板地上。

女牢头蹲身下去，利落地解开梅夫人的衣裙前襟，忽地起身退后几步，以袖掩口，骇然指向其脖颈与前胸的斑点，百长亦朝后退去。只见梅夫人浑身颤抖，四肢痉挛抽搐几下，随即一动不动。

狄公从座中立起，倾身朝前，定睛注视死者那扭曲的面容，过后重又坐下，对百长抬手示意。百长喝命门口的兵士，几人快步出去。

大厅内一片死寂，忽听远处传来低沉的隆隆声，却似无人留意。

众兵士携入一卷芦席，先拉起项巾掩住口鼻，然后用芦席盖住梅夫人的尸身。百长走到案桌前，对狄公禀道：“回寺卿，小校已传令叫收尸人来。”

狄公点点头，疲惫说道：“带人犯胡本上堂。”

十九

两名兵士押着胡本走入拱门。只见他身材粗短，头戴猎人的兜帽，身穿一件褐色骑服，腰系皮带，显然被捉时正预备出门打猎。只因尚无正式指控，虽在狱中，仍可穿自家衣袍。

胡本略略止步，黯然环顾大堂，被兵士轻推一下，便又蹒跚前行，步态笨拙，不经意地瞥了一眼芦席，直朝案桌走去。

“跪在这边！”百长喝令一声，用宝剑指向高台一角，尽量远离那芦席遮蔽的女尸。

狄公一拍惊堂木，肃然说道：“胡本，你被控杀死梅亮，就在梅府的客房内，用一方厚重的砚台击其头颅。”

马荣乔泰疑惑地对视一下。陶干直直坐在椅中，两眼盯着狄公，似是难以置信。

胡本抬起硕大的脑袋，阴郁说道：“如此说来，是她供出了我！”

狄公倾身朝前，徐徐说道：“非也，她并未供出你。

就在昨晚，本官前去府上拜访时，是你自己露出了破绽。”

胡本直直盯着狄公，开口欲言，却听狄公又道：“你讲述柳园图的真实故事时，显然怀有一腔激情，就好似发生在自己身上一般，而并非是百年前令曾祖的经历。虽说着实令人感伤，但你在家中必已听人反复讲过无数遍了，为何还会被这陈年旧事搅得如此心绪难平？于是本官疑心你也曾为一个歌伎赎身，可能耗尽了最后一笔家财，结果她终是离你而去，另嫁给一个富人。”

狄公暂停片刻，胡本依然缄默不语，两道浓眉之下，双目郁郁相望。

“其次，本官对你说易龟龄已死时，你立即追问他的眼睛是何情形。京城中流传着关于梅胡易三家气数将近的童谣，其中提及三种死法，用词含糊而玄妙，倒也十分常见，说来便是‘失其床’‘失其目’和‘失其头’，且并未确指各人到底对应着哪种下场。易龟龄遭到致命的一击，毁去了左半边脸，凶手随即匆忙离去，自然来不及查看是否伤到眼部。令本官吃惊的是你不但立即询问易龟龄的眼睛，同时还说自己可能‘失其头’，这一点颇为古怪，因为此话暗示出你确认梅亮死于‘失其床’，但他明明是跌下楼梯而丧命的！本官当时完全不明就里，也不想做出任何推断，不过却将此事暗暗记在心里。”

狄公朝后靠坐在椅背上，缓捋颊须，接着叙道："后来，本官听到了确凿的消息，得知梅夫人曾在旧城的一家妓院中做过歌伎，被一个不知名姓之人赎出，过后又离开此人，嫁给了家财万贯的梅亮。这些事件与你所述的令曾祖的柳园故事何其相似，也让本官想起了另一桩怪事：梅夫人前去官署时，看见盛放糕点的碟子上绘有柳园图案，禁不住面露惊惶。更有甚者，一个木偶艺人又道是有个名叫蓝宝石的歌伎，多年前曾在旧城的一家妓院中神秘失踪——令曾祖赎出的那个女子就叫蓝宝石！梅夫人显然也对蓝宝石格外偏爱，真是奇异的巧合。不过，本官并不想拿这些事作为证据，以确认正是你赎出了梅夫人，在她嫁给梅亮之后仍然藕断丝连，继而推测梅亮并非意外身亡，而是被你二人合谋杀死。首先，本官并无梅亮被害的证据，也不愿相信如他那般睿智练达之人，竟会娶一个荡妇为妻。本官命人捉你，却是由于你犯下的另一桩罪行。"

胡本开口欲言，狄公却抬手示意："你且听着，告诉你这些，本官自有道理。今天晚上，一切都水落石出，本官已查明梅亮被人残杀，凶手用一方厚重的砚台砸碎了他的脑壳，就在他死前或是死后不久，还对他凶狠地又踢又打。尸体上显出的严重瘀伤，我们起初误以为是滚下楼梯时碰在台阶边缘所致。本官也明白了为何你认为梅亮死于'失其床’。你将此解释为梅亮由于失其床第而丧命，即其妻与人通奸，那便意味着你曾是梅夫人的情郎，你二人在客房中幽会时被梅亮撞破，于是动手杀人。如此一来，你对那首童谣如何作解，就全都清楚了。梅亮死于‘失其床’，如果易龟龄之死与‘失其目’有关，那么结果便是你将要‘失其头’。梅亮之死将真相大白，你也将命丧法场。

“最后，正是由于你当年曾为梅夫人赎身，因此梅亮才要对其妻的出身守口如瓶；这不仅是他的秘密，也是你的秘密，更是日薄西山的旧城魁首之间的一段爱恨情仇。”

狄公略停片刻，胡本面上紧绷，却未曾开言。

“本官对你道出这些，只为证明是本官自行查出的真相，而并非是梅夫人出卖了你。方才她就站在这案桌前，不但未曾透露你的名姓，反而坚称是自己杀死其夫，因为已厌倦了梅亮的体贴照顾。”

胡本站起身来，用两只汗毛浓密的大手抓住案桌边缘，喘息说道：“她在哪里？”

“她已经断了气，供述完毕后当场身亡，死于疫病发作。”狄公肃然说罢，抬手一指芦席。

胡本转过身去，瞪大两眼盯着芦席，浓眉紧皱，口唇翕动，却未能发出声来。此时远处又传来隐隐的雷声。

情人相会幽明永隔

突然，胡本压低嗓子嚎叫一声，几如野兽的哀吟，直朝芦席奔去。百长想要上前拽他回来，狄公却摇一摇头。胡本掀开芦席一角，梅夫人的一条玉臂赫然露出。只见他握住那只纤纤玉手轻抚几回，小心翼翼摘下蓝宝石戒指，送到唇边亲吻，又套在自己的小指上，重新盖好芦席，起身走回案桌前，抬头木然说道："还请准许我戴着这戒指去法场受刑，我为她赎身后，曾以此物相赠。"见狄公点头应允，低头注视着戒指，缓缓又道："想当年，她还是个妙龄少女……娇小玲珑，惊恐不安，名叫蓝宝石，与曾祖父当年买回的歌伎同一个名字。我对她说：'这并非巧合，而是天意。你的爱将会弥补蓝宝石过去对我胡家造成的所有创伤。'"说罢摇一摇头，又道："我们共度了几年快活日子，为何她后来心意有变，莫非是不能忘记我暗地里为她赎身，我并不晓得。她离我而去时，只说过几句话：'梅亮很富有，你却很穷。生活还亏欠我很多……锦衣玉食，珠宝首饰，许多丫鬟服侍左右……'这就是她说过的话。"

胡本转动一下手上的戒指，接着叙道："但是，梅亮的万贯家财并没能使她快意。她有过风流韵事，简直不可胜数。我心里很难过，知道她定是孤独愁闷。有一天，她又来找我，说一直没能忘记我这个为她赎身之人。这话究竟是何意思，我不晓得，我只晓得自己重又心生欢喜。后来，疫病开始蔓延，我让她赶紧离开此地，她却执意不肯，因为家仆皆被遣走，老梅又整日在集市中奔忙，我们可以会面更多。但是在六七日前，她说：‘此事不能长久，我必得离开这满是阴腐之气的京城，想要远走他乡，从头开始。’我问：‘我能不能跟你一起走？’她倦然答道：‘我不知道。我很爱你，但是你总会令我想起过去，那些我想要忘记的过去。’”说罢默然不语。

狄公坐在椅中，静静聆听半日，此时问道：“那天晚上，究竟发生过何事？”

胡本猛地回过神来，抬头说道：“你问发生过何事？她叫我将近午夜时照常去那客房，还说老梅早就楼上歇息去了。我们拉起床帐，唯有梳妆台上亮着一支蜡烛。忽然，月洞门开启，梅亮直走进来，身穿家常衣袍，没戴帽子，灰白头发乱蓬蓬的。她对我说：‘杀死他！我受不了看见他，再也没法忍受了！’我翻身下床，梅亮却摇头说道：‘胡兄，你无须杀我。你带她走吧，当初是你买下了她，她理应归你所有。’她跳起身来，开始破口大骂，梅亮抬手示意一下，‘我知道你在这里过得不甚舒心，随胡兄远走高飞，将是最后的机会。或许你终会得偿所愿。’他摇一摇头，又道貌岸然地说道：‘你不知道我有多可怜你!’这话一下刺痛了我，老梅原谅她?唯独我才有权原谅她!我一时狂怒，抓起砚台，将老梅打倒在地，又在那一把瘦骨头上狠狠踹了几脚，直到她上来抱住我，要我克制一二，这才住手。”

胡本抹了一把汗湿的脸面:“我二人坐在床边，没说一句话。遇上那般情形，又能说些什么?最后还是她开了口:‘我已打定主意，你理应跟我一起走，我们将这死尸拖去大厅，放在台阶底下，做成他在晚间失足跌下的模样。再过几天，我们就离开京城，一起远走高飞。’于是我们将尸体移到大厅内，又布置了几处，看去确是意外身亡，我便从花园角门出去了。再无其他。”

四名黑衣人走入大堂，用芦席卷起女尸，又拿一片裹尸布包起，动作十分娴熟，随即抬走。胡本定定注视了这几人的一举一动。

狄公对勤务兵示意一下，二人又高声读出各自录下的供词，即将读完时，只见窗外划过一道闪电，雷声响起，震耳欲聋，紧接着雨点打在油纸窗上。

狄公转头对马荣乔泰说道:“到底下雨了!”

百长已从勤务兵手中取过文书，送到胡本面前，胡本在上面按过指印。狄公起身整整衣袍，宣道:“胡本，本官原要控告你犯下另一桩大罪，不过如今不必赘述，只因你已供认杀死梅亮，此公乐善好施、为人正派，此罪足可判你斩首。军法要求立即执行。”随后复又坐下，提笔填写了公文格目，在上面盖过大印，转头递给乔泰。“你与马荣立即去办，陶干将代本官监斩，并起草官文。”说罢一拍惊堂木。

二卒走到胡本面前，胡本却似是视而不见，只顾盯着手上的戒指，缓缓转动几下，硕大的宝石发出莹莹蓝光。一名兵士拍拍他的肩头，胡本转身随之而去，态度十分驯顺，宽阔的双肩低垂在斗篷内。

狄公说道：“明日一早，所有人再回此处齐集，被告柳大夫不但做过伪证，还隐瞒重要证据，行止有违医德，将被判长期入狱。如今暂停理事。”说罢又一拍惊堂木，起身离座，手笼袖中，直朝门口走去。所有人皆是端然肃立。

二十

京畿军营的正门守卫已在狄公的肩舆上架起一个遮篷，众兵士上前抬起，一路转回官署。狄公背靠软垫，将右臂直伸出去，雨滴落下时，触手甚感清凉。

狄公忽觉筋疲力尽，想要凝神回想开堂审案时的情形，奈何只能记起一半。火光摇曳中的大堂似是梦里景象，如同幻影一般闪烁不定，各种念头也混杂在一处，在心里来回打转，全都模糊不清。狄公蓦地一惊，只觉似已坐了几天几夜的轿子，并且还将继续兜着圈子朝前行进，永无逃脱之日，腹内陡觉空洞不适，连忙抬起两手，用指尖按住左右太阳穴，晕眩渐渐消去后，唯余疲惫乏力之感，不禁自问这只是忙碌二十日后心力交瘁的常态，还是老之将至的征兆？

狄公沉浸在种种悲戚的念头里，漫视空旷湿漉的街巷。房舍漆黑沉寂，偶尔有亮光从窗扇后透出。过不多久，满朝君臣便会启程返回，京城又将恢复原貌，重又变得繁华熙攘、人烟阜盛，然而这并不能驱散他的入骨深哀。

只听一声长呼，惊得狄公猛然坐起，前方随即传来一阵梆子声。摇晃的灯光中，浮现出一副苍老的面容，皱纹密布，且被雨水淋湿。一名老者高高举起一只盛满折叠油纸的竹篮，从破旧的衣袖内伸出两条胳膊，看去枯瘦如柴。

“让开!”兵士喝道。

“慢着!”狄公冲兵士说罢，对那老头儿又道，“我买一张。”最近二十天里，这还是头一次遇见走街串巷的小贩。

“五文钱！若是官爷要两张，就每张四文!”老头儿扬起浓眉打量狄公，眼中闪过一丝狡黠，“这是最上乘的油纸，既可挡雨，又可遮阳哩！官爷买两张吧，今晚便要涨价了!”

狄公拿过一张，从袖中摸出一块银锭，说道:“望你好运!”

老头儿一把抓过银子，疾步跑过湿漉漉的鹅卵石地面，唯恐这官老爷出手大方之后又要反悔。走出一段距离，梆子声方才重又响起。

狄公微微一笑，展开油纸，盖在淋湿的皮靴上，所有的疲惫焦灼，都被一股由自豪带来的暖意统统驱散——这自豪正是为自己有幸为之效命的百姓而发。在漫长的二十日内，他们蜷缩在破败的陋室茅舍中，半饥不饱，惊惶不安，被恐惧攫住心神，甚而变得麻木，任由那无影无形、畅行无碍的冷血病魔随意摆布。然而如今，刚刚有了一丝转危为安的迹象，他们便立即离家出门，满怀欣悦与勇气，不屈不挠地重操旧业，为了几个糊口的铜板而与人讨价还价起来。

狄公转回官署，顺阶而上。众兵士与吏员纷纷前来请安致意，看去皆是喜气洋洋。

在四楼平台处，狄公凭栏而立。透过细密的雨幕，但见整个京城渐渐变得明亮，从佛寺方向传来低沉的铜锣声，一场谢恩法事已然开始。

狄公走入房内，脱去厚重的官服，摘下乌纱帽，换上一顶小方帽，身上只穿着薄薄的中衣，坐在书案后方，亲自研墨，提笔手书一封家信，预备寄给大夫人：

> 京畿事务繁多，故未能尽早复信。今日天降大雨，疫情有望终止，事态亦将稍缓，汝等不日便可返京。虽有若干变故，幸得马荣等三人尽心任事，终保无虞。并祝二三夫人及小儿女安。

狄公写罢搁笔，靠坐在椅背上，想起夫人子女，心中甚喜，寻思理应再附上几句更为动情之语，侧耳倾听雨声，努力搜肠刮肚，还没来得及觅得佳句，便已堕入梦乡。

直到三名亲随前来时，狄公方才醒转。只见个个浑身湿漉，面色疲惫。陶干递上一卷文书，狄公示意三人坐下，展开一看，正是陶干手写的呈文，字迹细小工整。胡本已在焚尸厂的空地上被明正典刑。刽子手解开其衣领时，胡本对着雨中的火葬堆注视良久，最后说道："我们这就一同去了。"

陶干从衣袖中取出蓝宝石戒指："此物乃是从胡本的尸身上取下。据我想来，理应添入梅家的财物中去?"

"正是。陶干，沏一大壶浓茶来。"

陶干自去墙角的茶几上忙碌。乔泰将头盔朝后一推，说道："寺卿，我带胡本去法场时，问他为何要杀死易龟龄。他茫茫然看了我一眼，说道：'易龟龄生性残忍，堪比恶魔，理应有此下场。'这话可否录入口供里，当作是他的自行认罪之语？只是为了案录齐全。"

狄公摇一摇头，和缓说道："不，这并非认罪之语，因为胡本并未杀死易龟龄。"眼见三人面露惊讶，接着又道："那天晚上，胡本不可能得知珊瑚就在易府，珊瑚分明说过窗上的竹帘全都垂下！即使胡本从对岸观望，也无法看见长廊内有何动静。诸位，我们不能设想他只为窥视易龟龄，就游过河去、爬上窗台，并在易龟龄想要杀死珊瑚时正好赶到，这也未免太过巧合！还有，胡本虽说身强力壮，却算不得高大，而易龟龄的身量却在中人以上。那致命一击是从上朝下而发，凶手理应不低于易龟龄。”

“不过珊瑚说过曾看见胡本站在竹帘后面，寺卿!”陶干叫道。

“那是她以为如此。珊瑚以为来人是胡本，只因易龟龄命她一丝不挂站在长榻上。但是这一回，易龟龄只是为了让珊瑚尴尬难堪，而并非要存心戏弄胡本。当时长廊内只点着一支蜡烛，竹帘又全都放下。珊瑚一时慌乱，未曾留意到这些，只看见一个模糊的黑影，自然以为是胡本了。”

“那又是谁杀了易龟龄?”马荣冲口问道。

狄公目光锐利地看了马荣一眼，说道:“听过珊瑚所述后，我生出了一种推想，虽说事事合榫，但是无法确证，我一心指望今晚会有所进境，毋宁说相信将会如此，从而证实此想不虚。结果当真一切如愿，令我好生快意，不过其中还另有缘故。”说罢接过陶干递上的茶盅，发觉茶水太烫，于是暂且放下，朝外一看，不禁出声叫道:

"真是大雨倾盆了!"

狄公拍一拍手，召来勤务兵，命道:"派人立刻去西门传令，让守卫关闭水闸。"吩咐完毕后，接着叙道:"再来看珊瑚的说辞。她道是易龟龄曾在集市中遇见过她们姐妹二人，后来将她叫到一旁去。蓝白既然一向机敏，定会猜到其中有些不对。据我想来，珊瑚单纯质朴，为了瞒过姐姐而编造的故事怕是不甚高明。无论如何，蓝白心中起疑，决意盯着妹妹。当天晚上，珊瑚出门后，蓝白暗中一路跟随，一直走到易府。

"蓝白看见易龟龄打开小门让珊瑚进去，一时不知该如何是好，因为要想进入这座阔大的旧宅，别无其他门径。不过，蓝白足智多谋，转到半月桥附近的河边，在灌木丛中脱去衣物，打算顺着河岸游到长廊下方，再从那里设法入室，但又不想手无寸铁前去，于是拿了一枚铁弹丸束在发髻内，再将手巾紧紧缠在头上。如此一来，既能裹住铁球，又不会打湿头发。"

狄公呷了一口茶水，抬眼一瞥马荣，接着说道:"蓝白是个走江湖卖艺的女子，一向训练有素，因此轻易便可爬上柱子，且又生得高挑轻盈，攀上礁石也并非难事。她站在那里，听见易龟龄大声叫骂，说起如何鞭打其母致死，还扬言要同样打死珊瑚。透过竹帘，蓝白看见易龟龄挥鞭抽向珊瑚，便解下头巾，将铁弹丸包在里面，掀起竹帘，越窗入内。

“这时易龟龄已听见动静，转身一看，不禁吓得魂飞魄散。面前立着一个浑身是水、一丝不挂的女子，披散着一头长发，易龟龄必以为是从阴曹地府前来寻仇的厉鬼，随即又想到甚至比遇鬼更糟：此人乃是珊瑚的姐姐，虽为女子，却绝非温顺柔弱，不但武艺高强，手中还持有足以夺命的兵器。生性极其残忍之徒，大多皆为懦夫，易龟龄也不例外，于是扔下鞭子、大喊救命。陶干想必记得，死者的嘴巴张得老大。蓝白掷出包有铁弹的头巾，一击毙命，铁弹飞来时力道极大，直打得易龟龄朝后仰倒在座椅中。”

狄公住口不语，对着倾盆大雨观望片刻，接着又道：“我可以断定以上皆是实情，至于其后发生的事，则大半出于猜测。出手杀人之后，蓝白怒气顿消，看着眼前的情景，不禁心生惊恐。我们没法指望她会想到杀死易龟龄乃是一时冲动所致，完全可以由易龟龄当年打死其母、如今又意欲同样打死珊瑚来证明。蓝白看见手巾上的鲜血，着实害怕起来，于是将铁弹丸抛入河中，又将沾有血迹的手巾扔在地下，随即跳到窗外的礁石上，顺着柱子滑下，一路游回原处，在岸边穿好衣服，前去五福酒店，正是遇见马荣的地方。”

马荣叫道：“如今我才明白，为何她当时浑不理睬自己的亲爹！只因老袁从没告诉过她其母究竟是如何死的，却把珊瑚当作心腹，她正为此十分恼火哩！”

狄公点头说道：“蓝白打算绝不将此事告诉父亲。后来，她想起将手巾遗落在长廊内，又担心自己或妹妹会不会留下其他痕迹。据我们所知，除了珊瑚的耳环和红宝石之外，别无他物。女仆桂花曾发现窗台上有水渍，以为会令人怀疑到胡本，便小心地擦去。蓝白自然不知道这些，于是决意再走一趟，顺原路潜入长廊，却未发现运河已不再凝滞不动。水闸打开之后，河里涌入了一股强劲的水流。”

狄公迅速瞥了马荣一眼：“马荣，你打小生在水乡，理应知晓在河道弯曲的地方，水流总是在靠近外围处最强劲。有时我站在桥上，眼看着浮木顺水漂流，常会见到此种情形。况且就在半月桥下游的圆弧内围，还竖起了易府的高大外墙，使得河道愈发狭窄，也就愈发加强了朝外的推力。蓝白根本游不到目的地，反而被水流冲到了河对岸，又在胡家阳台底下的河湾里被水草缠住。马荣，就在你救起她之后，她非得赶紧编出一套说辞不可。你可还记得，当时是不是你先提起了胡本？”

夜闯长廊力毙仇人

马荣挠挠下颏，懊悔说道：“回头想想，确实如此，我随口打趣说是不是胡本将她从阳台上扔进河里。”

“果然不错，正是此话让蓝白灵机一动。听过珊瑚的述说后，我便推断出了如此这般情形，并特意告诉老袁我要将胡本捉来治罪，因为他意欲强暴蓝白。若是这一推测为实，我相信蓝白必会前来坦承一切。这姑娘为人正派，绝不会让一个男子因为自己编造的谎话而蒙冤下狱。当然另有其他几事可以引为佐证。先说头一桩，我离开胡府时，胡本心绪不佳，显然不会起意强暴女子，他正在焦急等待的并非蓝白，而是来自梅夫人的消息。其次，我们在长廊中找到的手巾，只有四角被水浸湿，可见游水者将其裹在头上——这亦是女子所为。还有一事，蓝白在酒店中驱散众泼皮时，袖中只有一枚铁弹丸。”

“她的头发还是湿的，”马荣低声咕哝一句，赞叹一声，又道，“难怪她会大口喝酒！这姑娘真是了不得！”

狄公淡淡说道：“马荣，你最好立即去公廨，看蓝白可还等在那里。若是还在，你可自去问她其间的种种详情。”

马荣从座中跃起，二话不说便奔出门去。

狄公微微笑道：“蓝白这姑娘是个十足的烈性子，又极有主见，她需要有一个好夫君，从此便会安心居家度日。”

“马荣兄弟自会料理妥当!”乔泰咧嘴笑道，“他理应依照老规矩，同娶那姐妹二人，以此证明自己是条好汉子!”说罢略停片刻，满意地摩挲几下膝头，忽又问道，“寺卿，莫不是要让蓝白上公堂道出所有实情，然后再将她开释？易龟龄之死总不能当作悬案挂起!”

狄公扬起两道浓眉：“为何不能？我可不想让马荣家中眷属的私事，成为众人茶余饭后的谈资。至于易龟龄之死，将在官府案卷中录为被不知名的一人或几人所杀。我并不在意留下几桩未能破获的悬案。”

“马荣老弟终于被套牢了！真是意想不到!”陶干浅浅一笑，忽然面色一沉，手捻左颊上的三根长毫，颓然又道，“如此说来，柳园图根本不是什么线索。易龟龄吃糖姜时，将花瓶推到一旁，后来又偶然落到地上。”

狄公若有所思瞥了陶干一眼，手捻颊须，缓缓说道：“陶干，这我可不敢说定。你曾推断打碎的花瓶是一条重要线索，仍是大有道理，虽说我们再也无法证实此节。易龟龄看见蓝白走近时，曾大声叫喊，且并不知晓珊瑚已经逃走，还以为这姐妹二人会在长廊中被桂花母子看见。他一向心思歹毒，看出蓝白意欲复仇后，最末一个念头很可能便是留下透露其身份的线索，于是故意打碎花瓶，并非因为上面有柳园图，而是另有用意，即蓝白二色的瓷片。且为我再沏一杯茶来！”

后　记

狄公在历史上确有其人，生于630年，卒于700年，在仕途生涯的前半期，曾以断案如神而著称，后来被任命为当朝宰相，以其过人的才智和勇气成为唐代名臣。此书中所述的故事纯属虚构，假设发生在狄公任大理寺卿的头一年内。

此书中所提及的柳园图，并非唐代的产物。众所周知，这种蓝白两色的瓷器图案，起源于十八世纪的英格兰。笔者本可采用狄公年代的纯粹中国式图案，但是更中意柳园图，因为这虽是一种曾在英格兰十分流行的瓷器图案，在中国却鲜为人知。因此我希望西方读者见到这种在英国瓷器中常见的图案时，会产生一种满足感，同时也能使中国读者对于中国主题的图案在西方的发展产生兴趣。

柳园图的确切起源已是一个不解之谜。著名的英国艺术家托马斯·特纳（Thomas Turner）曾在1772年至1799年之间在斯塔福德郡（Staffordshire）的科利工厂（Caughley Factory）工作，他沿用何种中国原型设计出的柳园图，已经无从确证。在中国瓷器上，经常可以见到种有柳树的水边田庄景象［例如加兰德（W. G. Gulland）《中国瓷器》(*Chinese Porcelain*) 第一卷中第 252、253 页的盘子，1902 年出版于伦敦］，但是据我所知，这种特别的图案在纯粹的中国瓷器中并未被发现过，即田庄与亭子之间有一架小桥，一人举着棍子追赶正在过桥的二人。然而，两个朋友经过小桥，身后跟着一个怀抱七弦琴（这是中国文人最为钟爱的乐器，详见拙作《琴道》，1940 年出版于日本上智大学）的书童，却是十分常见的中国图样。笔者疑心英国设计师误将七弦琴当成是一根木棍或是一把长剑，由此造成了这一具有传奇性的图案。伯纳德·瓦尼（Bernard Watney）在其著作《十八世纪的英国青花瓷器》（*English Blue and White Porcelain of the Eighteenth Century*）一书中，曾巧妙地总结过这一状况："柳园图并非是原创的科利中国风格图案，而只是 1760 年以来英国瓷器工厂中使用过的一系列类似图案的结晶。作为十九世纪斯塔福德郡瓷器厂生产出的大量廉价瓷器的装饰，这种浪漫的中国图景以其最终形式赢得了广泛的喜爱。创造出这种适宜的传奇，提高了瓷器的吸引力，保证了生产的持续性。"笔者想再加上一点，这种官家小姐爱上穷书生的传奇故事（正如书中第七回中陶干所述）加上了伪东方浪漫主义的印记，这种浪漫主义在十八世纪后半叶的英格兰和西欧十分流行。另有一个冗长版本，其中还附有情诗，见于威廉姆斯（C. A. S. Williams）《中国符号体系与艺术主题概述》（*Outlines of Chinese Symbolism and Art Motives*，1932 年出版于上海）。当英国出产的柳园图瓷器传到中国后，中国工匠用毛笔精心模仿了这一英国转印的图案，为的是返销到西方。“最闻名的中国柳园图瓷器是蓝白两色的广州或南京瓷器，是十九世纪初期或更早出口的一种多功能瓷器。经常造得很厚，有时甚至笨重，至今仍以三种不同的品质出产，最上乘者用深蓝色，用笔清晰，最下乘者则具有相似的模糊线条。这种瓷器正是在英格兰被乔西亚·斯泼德二世（Josiah Spode Ⅱ）仿造，为了出口到波斯（1810—1815）。南京柳园图瓷器古色古香，十分迷人，至今仍被挑剔的人们所追逐。”［引自圣乔治·斯班德拉甫（F. St George Spendlove）的论文《柳园图：英国与中国》（*The Willow Pattern：English and Chinese*），载于《远东陶瓷学期刊》（*Far Eastern Ceramic Bulletin*）第八卷第一册，1956 年出版于波士顿。］

关于本书中“蓝宝石”的遭遇，笔者想要说明一点，有关唐代妓女的生活，读者可在拙作《中国古代房内考》（1961 年出版于荷兰莱顿）第 171 页中找到详细记述。

使用藏在袖中的暗器，这一技艺至今仍然存在。1935年，笔者在北京暂居时，曾听说过在1900年义和团运动时，这种下层人乐意学习的令人畏惧的武艺，曾经救过六个天主教修女的性命。修女们要去加固的教堂，正走在路上时，被一群愤怒的暴徒袭击。她们料想必会遭到屠杀，听天由命地举起交握的两手，向上帝祷告。忽然，一名正欲动手的匪徒叫道："看！她们会使暗器!"暴众立时朝后退却，让出一条路来，修女们安全抵达教堂。实情便是当修女们举起两手时，随身携带的祈祷书在袖中晃来晃去，暴徒们受过反对洋人的宣传，相信所有洋人都会使各种鬼把戏，也包括藏有暗器的修女。

笔者在此重述，在狄公的时代，中国人不留辫子，这是1644年满族人入主中原之后才强加给中国人的习俗。在此之前，中国人留长发并盘成顶髻，无论室内室外都头戴帽子。烟草和鸦片在几个世纪之后才传到中国。

高罗佩

译后记

此书中的故事虽然发生在《广州案》之前，但是写作时间稍晚于《广州案》。1965 年，此书的英文本由英国海涅曼出版社（William Heinemann Ltd.）出版，名为 *The Willow Pattern*；1966 年，荷文本由荷兰范胡维出版社（W. van Hoeve Ltd.）出版，名为 *Het Wilgenpatroon*。

1959 年，高罗佩先生在黎巴嫩贝鲁特担任荷兰驻中东公使时，伊万·维尔卡德（Iwan Verkade）曾是公使馆秘书。他后来回忆高公对话剧有一定的兴趣，所以曾经试图写关于狄公的话剧剧本，“我在贝鲁特看了那部作品，发现他并没有深入研究过话剧的技巧。……高罗佩从来没有完全原谅我对他的批评。不过，他后来从吉隆坡写信说：‘你友好地看了的我的那个剧本，我后来也非常不喜欢了。作为读物，它可能让人快乐，但在舞台上演出会彻底失败。……’那部话剧剧本，后来被高罗佩改写成为非常成功的一部小说，如果我记忆正确的话，它是《柳园图》。”[1]

关于第二回中的脚注，在此作一说明。依据《断案集》一书中后附的狄公案小说年表，《柳园图》的故事发生在公元677年。如果以此推算的话，“一百年前”当是北周时期。公元557年，宇文氏篡西魏而建立北周，定都于长安，577年北周灭北齐，581年杨坚篡北周建立隋朝，618年李渊建立唐朝。从西魏、北周直至隋、唐，都城始终设在长安。在1965年首次出版的《柳园图》英文本中，有“一百年前，本朝尚未创立基业，长安也未被定为都城”，后半句显然与中国史实不符。然而高罗佩先生定是后来发现了此处有误，于是在1966年出版的荷文本中删去了后半句，这一做法与《御珠案》中有关年代的修改如出一辙（详见《御珠案》译后记），再次显示出他认真严谨的创作态度，着实令人敬服。在此感谢于鹏先生发现并提出这一问题。

本书后记中列举了一些有关柳园图瓷器的文献资料，威廉姆斯《中国符号体系与艺术主题概述》一书中附图一张，正是此类瓷器上常见的一种图样。如果细看的话，不难发现小桥上中间一人确实怀抱一张古琴，由此可见高罗佩先生关于“英国设计师误将七弦琴当成是一根木棍或是一把长剑”的猜测完全正确：

---

❶ ［荷兰］C. D. 巴克曼、［荷兰］H. 德弗里斯著，施辉业译：《大汉学家高罗佩传》，海南出版社，2011年，第226、227页。

本书中提到的在京城中四处传播的疫病，原文为Black Death，即黑死病。这是人类历史上最严重的瘟疫之一，十四世纪中叶曾在欧洲爆发，死亡人数超过总人口的百分之三十。根据史料中对于黑死病的记录，后世科学家推测或为鼠疫，由一种寄生于跳蚤身上的鼠疫杆菌造成，并借由黑鼠而传播。其中腺鼠疫可经由跳蚤的直接接触而传播，肺鼠疫则是经由空气传播，由受感染者咳出的唾液来散布，患者发病后的症状包括高烧、吐血、全身出现斑点或皮疹。这些特征在小说中均有所提及，并且书中身穿黑斗篷、头戴兜帽的收尸人，亦是类似欧洲黑死病肆虐时期的“鸟嘴医生”的形象，因此猜测高罗佩先生在创作时，很可能借鉴了有关欧洲黑死病的某些历史记述。由于这一系列小说旨在向西方读者介绍中国文化，高公有时会在故事中适当加入一些为西方人所熟知的元素，这不失为一个引起阅读兴趣的良好方法。

关于妓女的生活，在整个系列小说中多有提及，除了本书之外，《湖滨案》《铜钟案》《漆屏案》《红楼案》《莲池案》《两乞丐》《中秋案》等篇目中均有过相关描述。正如本书后记中所言，高罗佩先生在《中国古代房内考》一书中，曾详细探讨过唐代的妓院制度，在此不妨略做小结。唐代时的长安城，靠近皇宫东南角的平康里（又称北里）是妓院云集之地，“北里的姑娘，从目不识丁的妓女到粗通文墨、能歌善舞的艺妓，等级不一。其中大多是从穷人家买来的，也有一些是掠来的，还有一些是自愿沦落烟花界。她们一旦身陷此地，便须入籍而住进高墙深院之中，按等级分配住所。然后她们还要接受各种严格的职业技巧训练，少不了要挨假母（俗称鸨母）的鞭笞。只有受雇去官家的宴会上招待客人，或者在固定的日子里去附近著名的保唐寺做法事，她们才可外出。……在这个奇妙复杂的天地之中，多才多艺外加美貌才是最高标准。一联佳句便可成其大名，一个错字便可毁其一生。由于每个艺妓或妓女都盼望被有身份的客人赎出，做妻做妾，因此都竭力迎合年轻文人心目中的这种最高标准。……艺妓的存在已经成为一种社会制度，无论在长安还是在外省，都是风雅生活不可或缺的一部分。……艺妓被认为是一种正当职业，在社会中得到认可，并没有什么不光彩。与下等娼妓相反，她们不受任何社会资格的限制。每个城市都以它的艺妓为荣，她们经常出现在各种公开的庆祝活动中”。[1]

本书中的蓝白，性情刚毅，行事果决，更兼有勇有谋、身手不凡，具有鲜明的侠女特色。中国古典文学中的侠女形象与传统，上至唐传奇中的红拂（《虬髯客传》）、聂隐娘（《聂隐娘》）与红线（《红线传》）等人物，下至清代小说《儿女英雄传》中的十三妹，渊源已久，至今不绝，在近现代的武侠小说中更是大放异彩。其中尤为出色的一篇，当属蒲松龄《聊斋志异·侠女》，女主人公不知名姓，“为人不言亦不笑，艳如桃李，冷如霜雪”，为报父仇而潜居三年，侍奉寡母，生活清苦，为报答邻妪的好意，怜其家贫无后，与其子私相结合，诞下一儿，最终手刃仇家，“君德既酬，妾志亦遂”，旋即决绝离去，“一闪如电，瞥尔间遂不复见”。而本书中的蓝白，不但极具“艳

[1] ［荷兰］高罗佩著，李零、郭晓惠、李晓晨、张进京译：《中国古代房内考》，商务印书馆，2007年，第168、173、176页。

如桃李，冷如霜雪”的风骨气韵，而且同样是义重于情，为报答马荣的救命之恩，当即人情债肉身偿，并断然拒绝以后再有牵连，一旦得知真相后，即刻出手力毙杀母仇人，遇事敢做敢当、极有担待，即使在整个系列小说中，也是一个光彩夺目、令人赞叹敬服的女性角色，相信自会给读者留下深刻的印象。

张凌

2019 年 11 月

Robert van Gulik
THE WILLOW PATTERN
根据 University of Chicago Press 1993 年版译出

图书在版编目(CIP)数据

柳园图/(荷) 高罗佩(Robert van Gulik)著；
张凌译. —上海：上海译文出版社，2021.7（2024.7 重印）
(大唐狄公案)
书名原文：The Willow Pattern
ISBN 978-7-5327-8626-8

Ⅰ.①柳… Ⅱ.①高… ②张… Ⅲ.①侦探小说-荷兰-现代 Ⅳ.①I563.45

中国版本图书馆 CIP 数据核字(2021)第 123648 号

柳园图
[荷兰] 高罗佩 著 张凌 译
责任编辑/顾真 装帧设计/张志全工作室

上海译文出版社有限公司出版、发行
网址：www.yiwen.com.cn
201101 上海市闵行区号景路 159 弄 B 座
苏州市越洋印刷有限公司印刷

开本 889×1194 1/32 印张 7.5 插页 4 字数 80,000
2021 年 8 月第 1 版 2024 年 7 月第 5 次印刷
印数：19,001—21,000 册

ISBN 978-7-5327-8626-8/I·5325
定价：45.00 元